Sandra Paretti: Geboren und aufgewachsen in Regensburg. Studium der Musik und der Germanistik. 1960 Promotion zum Dr. phil. an der Universität München. Thema der Dissertation: »Das Kunstmärchen in der ersten Hälfte des 20. Jahrhunderts«. Journalistin und Musikkritikerin bei der Münchner *Abendzeitung*. 1967 erscheint ihr erster Roman. Lebt seit 1969 in der Schweiz.

Von Sandra Paretti sind außerdem als Knaur-Taschenbücher erschienen:

»Der Wunschbaum« (Band 519)
»Das Zauberschiff« (Band 621)

Vollständige Taschenbuchausgabe
Droemersche Verlagsanstalt Th. Knaur Nachf. München

Umschlaggestaltung und Foto Hans Looser
Satz IBV Lichtsatz KG, Berlin
Druck und Bindung Hanseatische Druckanstalt GmbH, Hamburg
Printed in Germany · 1 · 20 · 283
ISBN 3-426-01021-6

1. Auflage

Sandra Paretti:
Das Echo deiner Stimme

Roman

Knaur

Vergäße ich doch niemals, daß ich die Tochter einer Frau bin, die der Gedanke an den Tod weder froh noch traurig stimmte!
Als ihre Stunde gekommen war, ging sie in die andere Welt, als ginge sie in ein anderes Zimmer. Und wie im Leben achtete sie darauf, die Tür hinter sich zu schließen.

Zürich, Januar 1980

Mein Schreibtisch ist leer; nichts von all dem, was ich sonst zur Arbeit brauche. Kein Wörterbuch, kein Lexikon, kein Zettelkasten, keine Landkarte. Auch keine Schreibmaschine. Nur Papier, weiß und leer und suggestiv. Jedes Blatt ein magisches Viereck. Ich kehre zu den Wurzeln zurück: schwarze Zeichen auf weißem Grund. Zauberformeln, Geisterbeschwörung.

Es ist Nacht; die Taschenuhr, die neben der Lampe liegt, zeigt kurz nach ein Uhr. Im Haus ist es still; manchmal kommt ein Auto durch die Straße vor dem Haus; die Trambahn, die man tagsüber aus der Ferne hört, fährt um diese Zeit nicht mehr. Der grüne Glasschirm der Lampe gibt nicht mehr viel Licht, gerade genug zum Schreiben; den Raum läßt er im Halbdunkel.

Die Winternacht vor den Fenstern ist schwarz; eine schwarze kalte Winternacht.

»Du wirst dir die Augen verderben.«

Die Stimme ist leise. Die Stimme meiner Mutter war immer leise, auch als sie noch lebte. Ich habe auf sie gewartet, und nun ist sie da.

Meine Mutter war ein Mensch der Nacht. Sie schlief wenig, dann noch weniger und immer weniger. Wach zu sein war ihre Droge. Je älter sie wurde, desto mehr brauchte sie davon. Nur noch selten benützte sie das Bett im Eheschlafzimmer. Das Sofa im Wohnzimmer war ihr Biwak. Da hatte sie den Bücherschrank, die Zeitungen, die Reiseprospekte ferner Länder, die sie gerne besucht hätte; nur einer ihrer unerfüllten Wünsche.

Die Uhr auf dem Buffet war nicht laut, und doch hielt meine Mutter nachts das Pendel an; die Stehlampe neben dem Sofa war nicht hell, und doch hängte meine Mutter ein Seidentuch darüber. So las sie. Kein Alkohol, keine Süßigkeiten. Nur ein Glas Wasser oder ein Apfel. Manchmal erhob sie sich, öffnete das Fenster und ließ die Nacht herein. Sie kannte die Sterne mit Namen, aber mehr faszinierte sie das Dunkel, das Universum. Ein Teil davon zu sein...

Meine Mutter gehörte einem Land, das sie verlassen hatte. In den durchwachten Nächten suchte sie den Weg zurück. Sie stieg die Leiter der Stunden hinab, suchte den Anfang des An-

fangs. Ich kenne diese Sehnsucht: das Tor der Nacht zu finden, aus der Nacht hinauszutreten ins Universum.
Jetzt hat die Nacht sie zu mir geführt. Ich fühle ihre Gegenwart. Ich fühle ihren Blick über meine Schulter auf das beschriebene Blatt.
»Was schreibst du da? Ist das über mich?«
Ich sitze ganz still, lausche auf die Stimme, die zu mir spricht.
»Ich möchte das nicht, hörst du. Ich möchte nicht, daß du über mich schreibst.«
Ja, das ist meine Mutter. Sie muß protestieren, das ist ihre Natur. Wenn sie für jedes Nein ein Goldstück bekommen hätte, sie wäre die reichste Frau der Welt geworden. Und doch wäre sie arm geblieben, denn sie hätte Stück für Stück verschenkt. Sie war nur glücklich, wenn sie sich verschwenden konnte. Und ausgerechnet sie mußte ein Leben lang sparen. Ich habe nie gehört, daß sie klagte, aber oft fühlte ich, daß sie litt.
Wie klein sie wurde, wenn sie über dem Haushaltsbuch saß! Wie peinlich sie es vermied, vor uns Kindern mit ihrem Mann Geldprobleme zu diskutieren! Wenn es nicht zu umgehen war, so sorgte sie dafür, daß es hinter geschlossenen Türen geschah.
Geschlossene Türen – auch das war meine Mutter. Wenn sie eine Tür zumachte, konnte das vielerlei bedeuten. Oft war es ein Protest gegen die Formlosigkeit des Alltags. So mußten die Türen geschlossen sein, wenn sie das Tischgebet sprach; so bestand sie darauf, daß man die Badezimmertür stets zuzog, auch wenn man sich nur kurz durchs Haar fuhr.
Nichts tat sie zwischen Tür und Angel. Niemanden fertigte sie unter der Tür ab, weder den Postboten noch den Bettler. Jeden, der an ihre Tür klopfte, ließ sie eintreten.
Die Art, wie sie eine Tür schloß oder öffnete, war eine Sprache für sich: Die Türen des Alltags verwandelten sich in Türen der Verbote, in Türen der Geheimnisse oder in Türen des Zorns. Selten, daß die Türen des Zorns zufielen, aber wenn, dann war es ein Erdbeben, und wir alle, mein Vater, meine beiden Brüder und ich, wußten, die Mutter hatte uns den Krieg erklärt.
Es gab auch die Türen der Rätsel, die Türen der Strafen und die Türen der Wunder. Nicht nur vor Weihnachten, auch vor Geburtstagen wurden die Türen der Wunder mit einer dunkel-

blauen Decke verhängt und die Schlüssellöcher mit Papier zugestopft. Stundenlang konnte ich auf meinem Schemel davorsitzen, konnte lauern und lauschen, was dahinter geschah.
Die Türen des Streits. Wir wären nicht Mutter und Tochter gewesen, wenn wir nicht unsere Kämpfe gehabt hätten, und auch sie fanden hinter geschlossenen Türen statt. Verhöre, die sich über Stunden hinzogen. Meine Mutter war eine Meisterin der Inquisition, und ich war eine Meisterin des Widerstands. Am Schluß kam immer ihr verzweifeltes »Ich rede an eine Wand!«
Ach Mutter – keines deiner Worte war umsonst. Vieles konnte ich nicht verstehen, und vieles wollte ich nicht verstehen, aber verlorengegangen ist nichts. Deine Stimme, Mutter, deine leise Stimme, war mir schon vertraut, bevor ich auf die Welt kam, und sie wird mich begleiten bis zu meiner letzten Stunde. Wenn du auch nicht mehr bist, das Echo deiner Stimme ist nicht verstummt und wird nie verstummen.
In Nächten wie dieser werde ich warten und lauschen – wieder das Kind, das an geschlossenen Türen lauscht –, bis ich deine Stimme höre.

Die Hüterin

Der Schlüssel hängt in der Küche, an der Wand neben dem Herd, am gleichen Halter wie die Zange und der Haken, mit denen meine Mutter die Eisenringe aus der Herdplatte hebt, um die Töpfe aufs Feuer zu setzen. Zange und Haken sind schwarz und alt. Auch der Schlüssel ist alt, und er ist sehr groß, der Schlüssel für das Tor einer Festung.
Meine Mutter ist die Hüterin des Feuers, die Hüterin des Schlüssels und die Hüterin des Hauses.
Wir leben in Regensburg, nicht in der Stadt, sondern auf dem Oberen Wöhrd, einer Insel in der Donau. Mehr als die Hälfte der Insel ist Wildnis, hohes verschilftes Gras. Den Uferpfad haben die Angler ausgetreten. Niemand badet hier: Der Boden ist zu steinig, und die Stromschnellen sind zu gefährlich.

Ein Zaun aus Maschendraht markiert den Fußballplatz des Jahn Regensburg, eine Böschung dient als Tribüne, eine zertrampelte Wiese, auf der zwei Tore stehn, ist das Spielfeld. An den Wochenenden, wenn ein Spiel stattfindet, kommen viele Menschen auf unsere Insel, und man hört ihr Geschrei.
Am Schopperplatz stehen das Bootshaus und die Werft des Ruderclubs. Dahinter, etwas versteckt, hat sich der Tennisclub niedergelassen.
Dann erst beginnen die Häuser, viele davon Fischerhäuser. Am Uferquai liegen Kähne, trocknen Netze. Zwischen den niedrigen Dächern ragt ein Fabrikschlot in den Himmel. Der Schlot ist das Überbleibsel des Elektrizitätswerks, das früher einmal die Donauinsel mit Strom versorgte. Jetzt gehört der Schlot einem Storchenpaar, das jeden Sommer dort nistet.
Meine Eltern wohnen von 1932 bis 1953 in der Badstraße 18. Das Haus wurde 1746 erbaut, als Sommersitz für die Domherren, mit Refektorium und Hauskapelle. Refektorium und Hauskapelle gibt es nicht mehr, aber das Hoftor mit den vier steinernen Pfeilern existiert noch.
In kalten Wintern friert die Donau zu, und wir können über das Eis zur Stadt hinübergehen. Wenn das Eis schmilzt, haben wir Überschwemmung. Innerhalb weniger Stunden steht unser Keller unter Wasser. Wir müssen alle zusammenhelfen, um die Kohlen und das Holz in Sicherheit zu bringen. Dann werden Böcke aufgestellt und Laufbretter darübergelegt. Wenn das Wasser weiter steigt, können wir nur noch durch die Fenster der Wohnung im Hochparterre aus dem Haus.
Wir Kinder wünschen uns jedes Jahr eine Überschwemmung.
Das Haus besteht zur Hälfte aus Treppe und Lichthof. Die Treppe ist breit genug für eine Pferdekutsche, und der Lichthof mit den beiden großen Rosettenfenstern erinnert an eine Kirchenkuppel.
Es ist ein Haus, wie man es kein zweites Mal findet. Für Kinder das Gelobte Land. Für meine Mutter, die in einem Haus aufwuchs, das mit allen Errungenschaften der modernen Technik ausgestattet war, ist es eine Strafversetzung ins Mittelalter.
Allein schon die Dimensionen der Türen und Fenster! Sie ist eine kleine Frau. Sie muß auf einen Schemel steigen, um die grü-

nen Läden vorzulegen; sie muß eine Leiter holen, um die Riegel der Flügeltüren zu lösen. Die Kohleneimer, die sie schleppt, die Körbe mit nasser Wäsche!
Das Bad ist eine dunkle Zelle; die Speisekammer wird im Sommer zum Brutkasten und im Winter zum Eisloch. Wenn man die Kachelöfen nicht heizt, sind auch die Schlafzimmer im Winter Eishöhlen. Und das ganze Jahr hindurch muß der Herd in der Küche geheizt werden.
Jeden Tag sehe ich meiner Mutter zu, wie sie Feuer macht. Ich sehe ihr zu, wie sie Kienholz spaltet: Aus einem fingerdicken Stück wird in ihren Händen ein Dutzend feiner Späne. Ich sehe sie vor dem Herd knien, und aus einem Häufchen grauer Asche erheben sich Flammen.
»Siehst du, das Feuer hat nur geschlafen.«
Ich will auch in die Glut blasen.
»Ganz leicht, nur einen Hauch, ja so...«
Sie streift den Handschuh aus Asbest über und hält den Kienspan in die Flammen. Zwei Scheite Holz über Kreuz, ein drittes, ein viertes. Erst später, wenn sie ein Brikett auflegt, wird sie den Rost rütteln. Jetzt schnell eine Handvoll Kaffeebohnen in die schwarze Pfanne. Das ist für mich das Zeichen. Ich rücke meinen Schemel zum Ofen, und sie gibt mir den Kochlöffel.
»Langsam rühren! Geröstet sind die Bohnen schon, sie sollen nur warm werden, damit das Aroma wieder stärker wird.«
Sie hängt den Schürhaken zurück; er schlägt an den großen Schlüssel, und es gibt einen hellen Klang.
Der Schlüssel. Andere gibt es nicht, nur diesen einen. Und dieser eine hängt jahrein, jahraus hier an seinem Platz. Nie sehe ich den Schlüssel in den Händen meiner Mutter. Wir haben viele Türen in der Wohnung, an keiner steckt ein Schlüssel, keine ist jemals abgesperrt, auch nicht die Speisekammer, obwohl meine Mutter weiß, daß ich oft hineinschleiche und von der Dose »Milchmädchen« nasche. Wenn sie mich dabei ertappt, droht sie, daß sie die Tür eines Tages absperren wird. Und jedesmal, wenn der elektrische Strom ausfällt – was ziemlich oft passiert – und wir im Dunkeln sitzen, spricht sie davon, daß sie ein modernes Schloß an der Haustür haben möchte. Dann erklärt ihr mein Vater, daß der Riegel absolut sicher ist. Dieser Riegel besteht aus

einer flachen Eisenstange, die durch drei Halterungen geschoben wird. Ein Riegel für das Tor einer Festung. Er wird nie vorgelegt.
Ich wußte als Kind nicht, was eine verschlossene Tür ist. Wenn es mir gelang, die Klinke mit den Händen zu erreichen, tat sich jede Tür vor mir auf – auch eine verbotene Tür. Es wäre für meine Mutter einfacher gewesen, die verbotenen Türen mit einem Schlüssel abzusperren, aber sie glaubte eben nicht an Schlüssel. Sie glaubte an Verbote. »Du darfst nicht...« Sie sagt es nicht streng, eher bittend. Sie sieht mich eindringlich an. »Du darfst nicht ins Herrenzimmer.«
Es ist ein dämmriger Raum. Dunkelblaue Vorhänge, am Boden ein roter Teppich. Beim Fenster steht eine Staffelei. Es duftet nach Firnis und Tabak. Nicht einmal, wenn meine Mutter dort aufräumt, darf ich mit hinein. Ich muß an der Tür bleiben.
Ich würde mich so gerne auf den roten Teppich legen. Ich würde mich so gerne in den Falten des blauen Vorhangs verstecken. Ich würde so gerne das Grammophon spielen lassen. Ich würde so gerne die Türen des Bücherschrankes aufmachen.
»Nein, du bleibst draußen!«
Noch eine andere Tür ist mir verboten: die Tür zum Zimmer meines Bruders Karl. Er ist fünf Jahre älter als ich, und ich liebe ihn sehr. Unsere Schlafzimmer liegen nebeneinander. Abends, wenn die Mutter das Licht gelöscht hat und gegangen ist, klopfe ich an die Wand, und er klopft zurück. Einmal bin ich mutig, ich öffne die Tür, doch meine Mutter mit ihrem sechsten Sinn für Ungehorsam steht plötzlich da.
Sie fragt nicht; für sie steht fest, daß mein Bruder die Tür geöffnet hat.
Immer ist es mein Bruder, der schuldig ist.
Immer ist es mein Bruder, der bestraft wird.
Für mich gelten andere Gesetze. Wenn ich ungehorsam bin, spricht meine Mutter mit mir, redet mir ins Gewissen, hört sich an, was ich zu meiner Verteidigung vorzubringen habe. Und zuletzt kommt ein Freispruch, ein Freispruch allerdings, der eine Drohung enthält: »Dem Vater sage ich nichts davon.« Sie liebt suggestive Wiederholungen. »Dem Vater sage ich nichts davon.«

So lerne ich, daß es eine Welt der Männer gibt und eine Welt der Frauen.

Es wäre ein Tag zum Schlittenfahren. Nachts ist frischer Schnee gefallen, und jetzt scheint draußen die Sonne.
Mein Bruder hat Hausarrest; er muß für die Schule lernen. Meine Mutter ist in der Stadt beim Zahnarzt. Bevor sie ging, hat sie mich mit einem Malbuch an den Küchentisch gesetzt. Karl hat seinen Platz im Wohnzimmer. Solange er die Volksschule besuchte, hatte er immer Zeit, mit mir zu spielen. Seit er auf dem Gymnasium ist, muß er dauernd lernen. Meine Mutter will erzwingen, daß aus ihm ein Musterschüler wird. Alles, was ihn vom Lernen ablenkt, ist ihm verboten. Wenn sie nicht zu Hause ist, soll ich aufpassen, daß er lernt. Am Abend kontrolliert sie, ob er seine Aufgaben gemacht hat, und hört ihn ab. Dabei wird sie oft wütend. Einmal hat sie ein Buch zerrissen, als er auf eine Frage die Antwort nicht wußte. Es war die »Lateinische Grammatik«; sie hat das Buch in der Mitte auseinandergerissen und an die Wand geworfen. Sie sprach bis zum nächsten Tag nicht mehr mit Karl. Dann verlangte sie, er solle sie um Verzeihung bitten. Er weigerte sich und mußte eine Strafaufgabe schreiben: hundertmal den Satz »Ich bereue meinen Ungehorsam«. Er machte die Strafaufgabe, ohne zu murren, aber er weigerte sich erneut, um Verzeihung zu bitten. Eine neue Strafaufgabe...
So geht das manchmal tagelang. Zu der alten Strafe kommen neue. Es herrscht immer Krieg zwischen den beiden. Karl tut so, als würde ihm das alles nichts ausmachen, aber nachts im Bett weint er. Er haßt das Gymnasium. Er will weg von zu Hause, weg von Regensburg. Er will in die Fremde.
Kaum ist meine Mutter fort, kommt er zu mir in die Küche.
»Jetzt spielen wir Grammophon.«
Das Grammophon steht im Herrenzimmer. Grammophon und Herrenzimmer fallen unter die strikten Verbote. Zweimal wurden wir schon erwischt.
»Bist du fertig mit dem Lernen?«
»Ich will nicht lernen. Ich will nicht mehr in die Schule. Komm jetzt...«
Das Grammophon ist ein mannshoher Kasten. In der unteren

Hälfte sind die Fächer für die Platten, in der Mitte die Lautsprecher, verborgen hinter einem Holzgitter und einer dunkelgrünen Seidenbespannung. Zuoberst ist der Plattenspieler. Um ihn zu bedienen, muß Karl auf einen Stuhl steigen. Der Deckel ist schwer. Auch die Kurbel, mit der man den Apparat aufzieht, ist schwer.
»Was willst du hören?«
»Die Zigeunerin.«
»›Carmen‹?«
»Ja, ›Carmen‹.«
Auf der Plattenhülle ist das Bild einer Frau. Sie trägt eine ausgeschnittene Bluse und einen weiten Rock mit vielen Volants. Im Haar hat sie einen hohen Kamm, und darüber fällt ein Spitzenschleier. In der Hand hält sie einen Fächer. Sie ist ganz in Schwarz, nur die Rose im Ausschnitt der Bluse ist rot. Im Hintergrund sieht man eine Arena und zwei Männer, einen Torero und einen Soldaten.
Mein Bruder hat mir die Geschichte von Carmen schon einmal erzählt, aber ich will sie jetzt wieder hören. Von der Zigarettenfabrik, in der sie arbeitet, von den Schmugglern, vom Kartenschlagen, von dem Brigadier, der sich in sie verliebt und der sie aus Eifersucht umbringt.
»Und der Torero? Was macht der Torero?«
»Er bringt den Soldaten um.«
Ich bin Carmen, und mein Bruder ist der Torero.
Aus der Truhe im Flur holen wir uns die Faschingskostüme. Ich nehme das Zigeunerkleid, Karl setzt den Torerohut auf und bindet sich eine rote Schärpe um. Wir haben auch Stifte zum Schminken. Karl malt sich einen kleinen Schnurrbart und ich mir rote Lippen.
Das Grammophon beginnt zu spielen.
»Die Liebe vom Zigeuner stammt...«
Wir schlagen den Teppich zurück und beginnen zu tanzen. In der Glasscheibe des Bücherschranks sehe ich unser Spiegelbild. Mein roter Rock fliegt, das offene Haar fliegt. Hinter mir ist der Schatten meines Bruders. Das Parkett vibriert unter seinen Absätzen. Mit einer Hand dreht er mich wie einen Kreisel. Ich könnte ewig weitertanzen...

Das Ende kommt, wie es kommen muß. Plötzlich steht meine Mutter in der Tür. Eine kleine Gestalt in einem dunklen Kleid, ohne Schuhe an den Füßen. Sie ist kaum größer als ihr zehnjähriger Sohn. Warum tanzt sie denn nicht mit uns?
»Das ist jetzt das dritte Mal!«
Ihr Blick ist auf Karl gerichtet.
»Du weißt, was dich für eine Strafe erwartet. Ich habe dich gewarnt.«
Ich laufe zu ihr.
»Karl ist nicht schuld!«
Sie nimmt meine Hand und führt mich ins Bad.
»Wasch dir das Gesicht!«
Sie bleibt neben mir stehen.
»Du hast immer noch Rot auf den Lippen.«
Ich empfinde das Waschen als Strafe, aber ich verstehe die Strafe nicht.
»Du hast immer noch Rot auf den Lippen«, wiederholt meine Mutter.
Ich reagiere nicht.
Sie nimmt Seife und Waschlappen. Schaum kommt mir in den Mund und in die Augen. Ich reiße mich los.
»Du darfst Karl nicht bestrafen! Er war fertig mit dem Lernen.«
»Das werde ich ja sehen, wenn ich ihn abfrage.«
»Er will nicht mehr in die Schule. Er hat Geld gespart. Er geht fort. Er kommt nie mehr zurück.«
»Ich weiß, ich weiß, damit hat er mir auch schon gedroht.«
»Er wird es tun.«
»Er will mir nur angst machen, weiter nichts.«
Sie hat sich vor mich hingekniet und löst die Kordel, die den Zigeunerrock hält.
»Männer sind so. Männer müssen immer drohen, das starke Geschlecht spielen...«
Männer – täglich höre ich dieses Wort aus ihrem Mund. Es drückt Mißtrauen aus, Kritik, Spott, Feindschaft. Immer ein Warnruf.

Aus der Wohnung unter uns kommt Mundharmonikamusik. Es ist Kurt, der achtjährige Sohn der Familie Ratgeber. Einen Monat

lang war er im Krankenhaus. Gestern haben sie ihn heimgeholt. Er trägt einen dicken Verband am linken Bein und humpelt. Ich möchte ihn besuchen, aber meine Mutter verbietet es. Kurt ist ihr Feind, und sie will, daß auch ich in ihm einen Feind sehe.
»Wenn er auf der Treppe ist, geh einfach vorbei, schau überhaupt nicht hin!«
»Wenn er vor dem Haus ist und mit dir spielen will, laß ihn einfach stehen, hörst du?«
»Wenn er dich in die Wohnung lockt, geh nicht mit ihm!«
Ich breche die Verbote täglich, und meine Mutter wiederholt sie täglich.
Kurt ist ganz anders als mein Bruder. Man hört Kurt nie kommen; plötzlich taucht er auf, hinter einer Tür, aus einem dunklen Eck, lautlos, das Gesicht zu einer Grimasse verzogen. Nachts schleicht er um das Haus und gibt seltsame Laute von sich, oder er hockt unter der Treppe und lauert auf ein Opfer, das er erschrecken kann.
»Ein Teufel«, sagt meine Mutter.
Aber ich mag ihn.
Es ist immer lustig mit ihm. Er zeigt mir, wie man schielt, wie man Grimassen schneidet. Er zeigt mir, wie man schleicht, so daß einen niemand kommen hört; wie man Türen öffnet und schließt, ohne ein Geräusch zu machen, und wie man durch die Finger pfeift.
Wegen seiner Krankheit soll er viel ruhen und viel an der Luft sein, nicht in der Sonne allerdings. So hat er eine Decke, auf der er liegt und mit der er dem Schatten folgt. Am Morgen kampiert er unmittelbar am Haus, und seine Mutter kann ihm die Spielsachen durch das Fenster herausgeben. Mittags verschwindet er hinter das Haus, zu den Wellblechgaragen, der Schreinerwerkstatt und den Holzstapeln, oder er hockt auf den Stufen des Kanals und angelt. Am Nachmittag hat er seinen Platz unter dem Nußbaum des Nachbarhauses.
Eines Morgens ist seine blau-rote Decke nicht da – dafür steht ein kleines Zelt im Hof. Mein Bruder läuft sofort hinunter. Vom Fenster aus sehe ich, wie er mit Kurt verhandelt, dann schlüpfen die beiden hinein.
Meine Mutter steht neben mir am Fenster.

»Du wirst dieses Zelt nicht betreten, hörst du?«
Am Nachmittag brennt ein Feuerchen vor dem Zelt, Kurt brät Kartoffeln, mein Bruder ist sein Gast. Ich sitze mit meiner Mutter in unserem Vorgarten. Der Wind trägt den Duft des Feuers und der Kartoffeln zu uns herüber. Mein Bruder winkt mir, zu ihnen zu kommen.
»Darf ich?«
Sie läßt das Nähzeug sinken, blickt zu dem Zelt und dem Feuer.
»Du bleibst hier.«
»Aber Karl darf doch auch.«
»Das ist etwas anderes.«
»Bitte!«
»Nein.«
»Nur ein bißchen zuschauen.«
»Nein.«
Das Nein meiner Mutter macht die Versuchung unwiderstehlich.
Ich erinnere mich nicht, wie ich schließlich doch in Kurts Zelt kam. Ich weiß nur, es war ein heißer Tag, und in dem Zelt war es noch heißer als im Freien. Sägemehl bedeckte den Boden. Kurt hatte die Schuhe und die Kniestrümpfe ausgezogen. Man sah die tiefen Narben an seinem linken Bein. Am Knöchel trug er einen Verband. Seine Handflächen waren rot und gelb von dem Brausepulver, das er dauernd schleckte. Er hatte mir ein Päckchen geschenkt, aber ich hob es mir auf. Mein Bruder war gegangen, um Limonade zu holen. Er mußte jeden Moment zurück sein.
Es ist ganz still, nur von der Schreinerei kommt das gleichmäßige Geräusch der Kreissäge. Kurt liegt auf der Erde und beobachtet durch einen Spalt den Hof.
Plötzlich hebt er den Kopf.
»Deine Mutter, schau!«
Er zieht mich an den Spalt. Meine Mutter steht am Tor und plaudert mit einer Nachbarin. Sie trägt rote Sandaletten, einen bunten Rock und eine weiße Bluse. Die schwere Einkaufstasche hat sie abgestellt.
Sie sieht sehr jung aus und sehr fröhlich. Ihre Sandaletten klap-

pern, als sie im Haus verschwindet. Bald darauf stößt sie im ersten Stock einen der grünen Fensterläden auf.
»Wo bist du?«
Damit bin ich gemeint.
Durch die offenen Fenster höre ich ihre Stimme. Sie geht von Zimmer zu Zimmer, um mich zu suchen. Das ist unser Spiel, wenn sie nach Hause kommt: Ich verstecke mich, und sie sucht mich. Von ihr gesucht zu werden ist wunderbar. Sie geht an dem Vorhang vorbei, hinter dem ich stehe, und sieht nicht, daß meine Füße unten hervorschauen. Sie zupft an der Sofadecke und sieht nicht, daß ich darunterliege. Im Notfall genügt es, daß ich beide Hände vor das Gesicht halte und erkläre: »Ich bin nicht da!« Dann verläßt meine Mutter den Raum und sucht woanders weiter, bis ich ein richtiges Versteck gefunden habe.
»Wo bist du!«
Ihre Stimme klingt nicht mehr fröhlich, sondern ungeduldig. Kurt flüstert mir zu, ich solle gehen, aber ich bleibe im Zelt.
»Wo bist du?«
Sie ist oben am Fenster, blickt in den Hof. Und dann kommt Karl mit der Limonadenflasche gelaufen. Er sieht sie nicht. Er rennt auf das Zelt zu.
»Karl!«
Er bleibt stehen, blickt zum Fenster hinauf.
Ich bin noch immer im Zelt, und ich bleibe dort. Ich höre die Stimme meiner Mutter und die Stimme von Frau Ratgeber. Die Stimmen kommen näher. Schließlich öffnet sich die Plane.
»Komm heraus!«
Meine Mutter vermeidet es, mich anzusehen. Sie nimmt nur meine Hand und führt mich weg. Als wir in der Wohnung sind, beginnt sie mich auszuziehen. Sonst mache ich das schon lange selber, doch jetzt kniet sie sich vor mich hin, öffnet die Schuhschnalle, streift die Söckchen von meinen Füßen, öffnet das Kleid. Dann stellt sie mich in die Badewanne, seift mich ab, einmal, ein zweites Mal, frottiert mich, wickelt mich in ein großes Badetuch und bettet mich auf das Sofa im Wohnzimmer.
All das geschieht stumm und sehr schnell und erinnert mich an die Prozedur, als mich eine Hornisse gestochen hatte: das Abbinden des Armes oberhalb des Ellbogens, der Schnitt, das

Aussaugen der Wunde. Welches Gift bedroht jetzt mein Leben? Sie verschwindet einen Moment. Ich höre sie nebenan mit Karl sprechen.
Als sie zurückkommt, bringt sie ein Glas Himbeersaft mit. Ich sehe, daß ihre Hand zittert. Sie setzt sich zu mir aufs Sofa. Ihr Blick ist forschend und ängstlich.
»Was habt ihr gemacht im Zelt?«
Ich weiß keine Antwort. Ein Zelt ist für Kinder eine so große Sache, daß es genügt, darin zu sein.
»Hab keine Angst, du wirst nicht bestraft. Du mußt mir nur alles sagen, verstehst du? Also, was habt ihr gemacht in dem Zelt?«
»Nichts...«
»Du darfst nicht lügen! Du mußt mir alles sagen, alles! Ich muß alles wissen. Es geschieht dir nichts. Du kannst nichts dafür, aber Kurt und Karl werden ihre Strafe bekommen. Jetzt rede endlich! Was habt ihr gemacht in dem Zelt? Wer hat angefangen, sich auszuziehen. War es Kurt?«
»Nein.«
»Du lügst. Ich habe gesehen, daß er keine Schuhe und keine Strümpfe anhatte.«
»Es war so heiß im Zelt.«
»Wollte er, daß du dich auch ausziehst?«
»Nein.«
»Und Karl?«
»Karl hat Limonade geholt.«
»Du brauchst ihn nicht in Schutz zu nehmen. Er bekommt seine Strafe so oder so. Also...«
Sie hält mir das Glas Himbeersaft hin, und ich trinke. Dann beginnt sie mit den Fragen von vorne:
»Was habt ihr im Zelt gemacht? Hat Kurt sich zuerst ausgezogen? Hat er von dir verlangt, daß du dich ausziehst?«
»Nein.«
»Du mußt mir die Wahrheit sagen, bitte. Was habt ihr gemacht?«
Ich verstehe ihre Fragen nicht, ich fühle nur, daß sie leidet.
»Du mußt es mir sagen, ich muß es wissen. Oder hast du Angst vor ihnen? Haben sie dir angst gemacht? Willst du deshalb nicht reden? Ist es das, haben sie dir gedroht?«

»Nein.«
»Was wollte Kurt von dir?«
»Nichts. Wir waren nur im Zelt.«
»Du machst es nur schlimmer, wenn du mir nichts sagst.«
So geht das immer weiter, bis zum Abend, bis mein Vater nach Hause kommt. Nun beginnt das Verhör von Karl. Es findet im Herrenzimmer statt. Zuerst mit Karl allein, später sind auch Kurt und sein Vater dabei.
Irgendwann bringt meine Mutter mich zu Bett.
Durch die Wände höre ich noch lange die Stimmen.
Am nächsten Morgen sitzt mein Bruder mit gesenktem Kopf beim Frühstück. Er schaut mich nicht an, er redet nicht mit mir. So bleibt es tagelang. Auch Kurt geht mir aus dem Weg. Das Zelt ist nicht mehr da. Es wird nie mehr aufgeschlagen.
Im Herbst 1941 komme ich in die Schule. Es ist ein großes Gebäude mit vielen Fenstern und zwei Toren. Das eine Tor führt zur Knabenschule, das andere zur Mädchenschule. Jede Schule hat einen eigenen Hof, dazwischen steht eine Mauer. Auch im Gebäude gibt es keine Verbindung zwischen den beiden Schulen. Nur mein Heimweg macht meiner Mutter Sorgen.
»Suche dir eine Freundin, damit du nicht alleine bist. Zu zweit seid ihr sicherer.«

Wir haben viele Bilder in der Wohnung. Kaum eine Wand ohne Bild: Landschaften, Städte, Blumen. Nur etwas fehlt, etwas, das sonst in jeder Wohnung hängt: ein Hochzeitsbild.
»So was hänge ich nicht auf«, sagt meine Mutter, wenn ich frage.
»Warum?«
»Es ist lächerlich ... Lächerlich und verlogen.«
»Aber ich möchte gerne sehen, wie dein Kleid war.«
»Ich weiß nicht, wo das Bild hingekommen ist.«
»Hattest du auch einen Schleier wie Tante Elisabeth?«
Das Hochzeitsbild von Tante Elisabeth hat es mir angetan. Es ist groß und goldgerahmt, und jedesmal, wenn ich es betrachte, versuche ich, mir meine Mutter in einem Hochzeitskleid vorzustellen, mit einem weißen Schleier auf dem Kopf und einem weißen Kranz. Es gelingt mir nicht.

Immer wieder frage ich nach dem Bild, immer wieder bekomme ich die gleiche Antwort:
»Tut mir leid, aber ich weiß nicht, wo das Bild ist.«
Ich gebe nicht auf. Ich frage weiter, und einmal habe ich Glück.
»Vielleicht hat Vater es in seinem Schrank, aber jetzt können wir nicht suchen, ich habe keine Zeit.«
»Bitte!«
»Ein andermal, ich muß jetzt bügeln.«
»Ich helfe dir beim Bügeln.«
»Was du nur hast; alle Hochzeitsbilder sind gleich.«
»War es ein großes Fest?«
»Nein.«
»Wie war dein Kleid?«
»Ganz einfach.«
»Weiß?«
»Nein, dunkelblau, ein Schneiderkostüm... Wir sind nur aufs Standesamt.«
»Und die Hochzeitsreise?«
»Wir haben keine gemacht. Es war mitten im Winter, und überhaupt... Ich studierte ja noch... Es wäre ein Zufall, wenn wir das Bild finden.«
»Bitte!«
Der Bücherschrank im Herrenzimmer hat drei Türen: Die zwei seitlichen sind aus Glas, die mittlere ist aus Holz und geht schwer auf. Die Fächer sind vollgestopft bis auf das letzte Eckchen. Akten, Manuskripte, Gesetzbücher, Skizzenblöcke, Zigarrenkisten, Briefmarkenalben, Kunstbücher und Malutensilien: Farben und Pinsel.
»Wie soll man hier etwas finden! Männer können keine Ordnung halten.«
Sie beginnt zu suchen. Im untersten Fach stehen das schwarze Briefmarkenalbum und die Kartons mit den ungeordneten Marken. Das nächste Fach: ein Feldstecher, ein Zirkelkasten, ein Dutzend Flaschen mit bunter Tusche, eine Schachtel mit ungespitzten Zeichenstiften, ein rotes Lederetui mit einer Meerschaumpfeife. Meine Mutter hält inne. Ihre Hände drücken Widerwillen aus.
»Das ist ein Chaos. Da kann man unmöglich etwas finden.«

Aber sie sucht weiter. Gebündelte Briefe, gebündelte Zeitungsausschnitte, gebündelte Postkarten. Aus einem grünen Lederband fallen Photos...
Photos. Aber es sind Schafherden, weidende Kühe, Bauernhöfe, Almhütten, Felder, auf denen Bäuerinnen Kartoffeln ernten.
»Ich sage dir, es ist sinnlos, weiterzusuchen.«
»Und das dort...«
Ich habe einen Umschlag mit dem Agfa-Zeichen entdeckt. Er ist prall gefüllt und von einem Gummi zusammengehalten. Ich will danach greifen, aber meine Mutter ist schneller.
»Hast du es gefunden?«
»Ich weiß noch nicht. Komm...«
Dann sitzen wir an dem runden Lesetisch. Meine Mutter hat die Photos vor sich und gibt sie mir einzeln, jedes mit Kommentar.
Selb. Die Porzellanfabrik, in der ihr Vater gearbeitet hat. Das Haus, in dem sie aufwuchs. Ein Garten. Ein kleines Mädchen mit einer großen Gießkanne. Ein Bauernhof. Ein kleines Mädchen auf einem Heuwagen. Zusammen mit ihrer Schwester, beide Mädchen haben Schleifen im Haar. Ihre Eltern beim Schlittschuhlaufen. Ihre Eltern auf der Kurpromenade in Karlsbad.
Die nächste Station ist Weiden. Die Porzellanfabrik Bauscher. Eine Villa in einem großen Garten. Sie mit ihrer Schwester in einer Hängematte.
Klassenausflug. Ein Jahr vor dem Abitur. Eine Gruppe von jungen Männern, in der Mitte ein Mädchen – meine Mutter.
»Ich war das erste Mädchen am Gymnasium in Weiden. Ich habe den Anfang gemacht. Nach mir kamen dann mehr.«
Die jungen Männer tragen Knickerbocker und Schnürstiefel. Einer hält eine Gitarre.
Ein anderes Klassenbild: wieder ein Ausflug. Meine Mutter hat dasselbe Kleid an wie ein Jahr zuvor, dunkel mit einem weißen Kragen.
»Das war der Professor für Geschichte. Rote Haare, roter Bart, rotbehaarte Hände. Stell dir vor, rotbehaarte Hände! Wie ein Affe...«
Ich schaue mir die jungen Männer genau an.

»Waren sie nett?«
»Ja.«
»War einer verliebt in dich?«
»Ach was.«
»Und du, warst du in einen verliebt?«
»Für mich waren das... Schulbuben... keine Männer.«
Sie nimmt mir das Photo weg.
»Ich war nicht so wie meine Schwester Anni. Die war dauernd verliebt.«
Sie zeigt mir nicht alle Photos, sie sortiert aus.
»Das Abiturphoto.«
Alle haben die Mützen mit dem Band auf. In der Mitte stehen die Chargierten der Studentenverbindung. Meine Mutter trägt ein dunkles Kleid aus einem schweren glänzenden Stoff. Die Ärmel sind schmal und reichen bis zur Mitte der Hand. Auch sie hat eine Mütze auf dem Kopf.
»Hast du die Mütze noch?«
»Diese unmögliche Mütze?«
»Sie steht dir gut.«
Ich erspähe ein Hochzeitspaar unter den Bildern, die sie zur Seite gelegt hat.
»Laß sehen!«
»Das sind entfernte Verwandte.«
»Und dein Hochzeitsbild?«
»Es ist nicht dabei.«
Sie spürt mein Mißtrauen und gibt mir den Packen Bilder.
»Wirklich alles Leute, die du nicht kennst. Verwandtschaft aus Selb, Verwandtschaft aus Berlin.«
»Vielleicht finden wir es doch noch.«
»Jetzt können wir nicht weitersuchen. Es ist zu spät.«
»Bitte!«
»Ein andermal.«
»Morgen?«
»Das kann ich nicht versprechen.«
Wir haben nie mehr nach dem Hochzeitsbild gesucht.
Kein Hochzeitsbild, kein Hochzeitstag. Auch als die großen Jahrestage kamen, änderte sich daran nichts. Keine silberne Hochzeit, keine goldene Hochzeit.

Sie, die so gern Feste feierte, davon wollte sie nichts wissen. Warum?
»Das wäre Sache des Mannes.«
Feste waren nicht Sache meines Vaters, und so fanden sie nicht statt.
Sie ist die Frau und verzichtet. Sie ist die Frau und ordnet sich unter. Sie ist die Frau und schweigt.
Sie muß sehr früh erkannt haben, daß sie eine Frau ist. Hatten ihre Eltern sich einen Sohn gewünscht? Spürte sie schon beim Eintritt in die Welt, daß sie das falsche Geschlecht hatte, daß sie »nur eine Frau« war?
Auf jeden Fall bemüht sie sich schon als Kind um männliche Eigenschaften. Wenn sie bestraft wird, weint sie nicht. Sie spricht oft von den Strafen ihrer Kindheit: Sie mußte auf Holzscheiten knien. Die Kanten waren so scharf, daß sie nach wenigen Minuten das Gefühl hatte, die Beine würden ihr brechen. Die Strafe dauerte eine Viertelstunde, eine halbe Stunde, je nachdem. Einmal im Winter, bei Eiseskälte, läßt man sie eine Stunde so knien. Vor der Haustür! Das ist der andere Teil der Strafe, die öffentliche Demütigung. Sie erträgt die Strafe stumm. Sie weint nicht. Sie ist »tapfer wie ein Mann«.
Sie hilft der Mutter im Garten. Sie schleppt Gießkannen. Sie ist »stark wie ein Mann«.
Sie studiert die Männer, sie beobachtet die Männer, sie beneidet die Männer. Mit jedem Jahr leidet sie mehr darunter, kein Mann zu sein. Ein Mann darf egoistisch sein. Ein Mann darf sich gehenlassen. Ein Mann darf Wünsche haben. Einem Mann steht die Welt offen.
Ein Mann darf alles – eine Frau darf nichts.

Die Studentin

Zu den wenigen persönlichen Dingen, die meine Mutter mir hinterlassen hat, gehört ein Reisepaß. Den Umschlag aus olivgrünem Karton hat das Alter weich und brüchig gemacht. Ausgestellt ist er vom Stadtrat Weiden am 10. Juli 1925 auf den Namen MARIA LANG.

Die Personenbeschreibung lautet:

Beruf: Gymnasiastin
Geburtsort: Selb
Geburtstag: 5. 9. 1905
Wohnort: Weiden
Gestalt: mittel
Gesicht: oval
Farbe der Augen: blau
Farbe des Haares: dunkel
Besondere Kennzeichen: ohne

Die Berufsbezeichnung »Gymnasiastin« ist durchgestrichen und ersetzt durch »Studentin«. Diese Änderung erfolgte laut gestempeltem Vermerk am 29. August 1927.
Das Paßphoto zeigt meine Mutter in einem hellen Sommerkleid. Das Bild ist überbelichtet, der Stempel darauf violett. Darunter steht in schwarzer Tinte geschrieben: *Maria Lang.* Eine überraschende Schrift für ein Mädchen von neunzehn Jahren. Die Buchstaben sind klar und eckig und aufrecht. Nichts ist flüchtig. Der Punkt auf dem »i« hat die Form eines Dreiecks.
Sie ist die Tochter eines Mannes, der es vom Arbeiter zum Fabrikdirektor gebracht hat. Ein Selfmademan, der in die Meldezettel der feinen Hotels, in denen er so gerne absteigt, als Beruf »Arbeiter« einträgt.
Und sie ist die Tochter einer Frau, die ihrem Mann eines Tages erklärt, daß sie von nun an das Bett nicht mehr mit ihm teilen wird. Sie ist strenggläubige Katholikin, und ihr Glaube verbietet es ihr, mit einem Mann zu schlafen, von dem sie kein Kind mehr empfangen möchte. Meine Mutter ist die Tochter eines Mannes, der das Leben genießt, und einer Frau, die sich der Religion verschrieben hat.
Sie könnte das Leben einer verwöhnten Tochter führen: ein bißchen Lyceum, ein bißchen Musik, ein bißchen Ausland, ein bißchen flirten – vielleicht auch ein bißchen mehr – und schließlich heiraten. Aber sie weiß schon mit vierzehn Jahren, daß sie nicht

heiraten will. Studieren will sie. Auf die Universität will sie. Einen Beruf will sie haben. Selbständig will sie sein. Unabhängig will sie sein. Nicht Sklavin eines Mannes – frei sein.
Mit vierzehn Jahren beendet sie die Volksschule. Mit zwanzig macht sie das Abitur am Humanistischen Gymnasium in Weiden. Das bedeutet, sie hat innerhalb von sechs Jahren den Stoff von neun Klassen Gymnasium bewältigt. Es beginnt damit, daß sie einen Sommer lang lernt und dann die Aufnahmeprüfung in die zweite Klasse Gymnasium macht. Im Sommer darauf dasselbe: Wieder paukt sie während der Ferien, macht die Aufnahmeprüfung in die vierte Klasse Gymnasium, besteht sie wieder.
Sie ist eine Musterschülerin, und sie ist eine Mustertochter. Sie hilft der Mutter im Garten, im Haushalt; sie lernt kochen, bakken, nähen. Was für die Mutter besonders wichtig ist, jeden Morgen vor der Schule geht sie in die Frühmesse. Wirklich das Muster einer Tochter.
Das Tagebuch, das die Siebzehnjährige beginnt, zeigt ein anderes Bild:

Hier an dieser Straßen
Hat mich mein Gott verlassen

Das ist der erste Eintrag, und wie sie zehn Monate später schreibt, dachte sie, daß sie diesen beiden Zeilen nie mehr etwas folgen lassen würde.
Das Gefühl der Verlassenheit ist keine vorübergehende Stimmung, es beherrscht sie dauernd. Sie sehnt sich nach der Liebe, und sie fürchtet sich vor der Liebe. Sie leidet darunter, daß sie nie den Mut findet, ihren Gefühlen nachzugeben, und sie hat Angst, es könne doch einmal die Stunde kommen, in der sie sich »verlieren« wird. Sie beneidet die Mädchen, die leichtlebiger sind als sie. Sie möchte gerne so sein wie ihre jüngere Schwester, die immer einen Schwarm von Verehrern um sich hat. Mit den Männern spielen, mit dem Feuer spielen. Aber ihre Natur ist anders: Sie will alles oder nichts. Und da das *Alles* verboten ist, bleibt es beim *Nichts*. Mit zwanzig Jahren schreibt sie in ihr Tagebuch, daß sie noch nie einen Mann geküßt hat.

Im Februar 1926 macht sie das Abitur am Humanistischen Gymnasium in Weiden; im April reist sie nach Genf, um dort das Studium der Rechtswissenschaft zu beginnen. Sie ist nicht allein. Ihre Mutter begleitet sie.
Die beiden Frauen mieten sich in der Pension Kammer ein und gehen auf die Suche nach einem Zimmer und einer Pensionsmama, wie meine Mutter im Tagebuch notiert.
Es ist ein neues Tagebuch; sie kauft es zusammen mit einem Ringbuch. Tagebuch und Ringbuch werden sie während des ganzen Studiums begleiten.
Man findet ein Zimmer im Haus von Mlle Lorenzetti, 26 Rue de Candolle. Mme Gilbert wird die Pensionsmama, eine Witwe, die für katholische Studentinnen einen Mittags- und Abendtisch unterhält. Nachdem die Mutter ihre Tochter in der Obhut dieser frommen Frau weiß, reist sie ab.
Zum erstenmal im Leben ist meine Mutter frei. Niemand kontrolliert sie, auch Mme Gilbert nicht. Sie könnte sich eine schöne Zeit machen. Aber sie war immer streng mit sich, und daran ändert sich nichts. Auch in Genf besteht ihr Leben aus Arbeit: Tagsüber ist sie in der Universität, in Bibliotheken oder beim Völkerbund, abends lernt sie zu Hause. Der einzige Luxus sind Bergtouren, die sie unternimmt.
Keine Flirts.
Einmal tritt die Versuchung an sie heran. Ein Student mit Segelschiff lädt sie zu einem Wochenende auf dem Genfer See ein. Man wäre zu acht. Sie lehnt ab.
Die Mutter zu Hause in Weiden macht sich unnötige Sorgen um die Tugend ihrer Tochter. Das halbe Jahr in Genf genügt nicht einmal, um ihre schlummernde Eitelkeit zu wecken; immer noch hält sie an dem perversen Ehrgeiz ihrer Schulzeit fest: nicht zu gefallen.
Das zweite Semester studiert sie in Wien. Wieder ist die Mutter in der ersten Woche bei ihr und überwacht die Suche nach der Unterkunft.
Dieses Mal ist die Pensionsmama eine Baronin, fromm, verwitwet und Männerfeindin. Um meine Mutter vor den Männern zu warnen, erzählt sie ihr in einer vertraulichen Stunde die Geschichte einer jungen Verwandten: Nach der Hochzeitsnacht in

einem vornehmen Wiener Hotel stürzte sie sich im Morgengrauen aus dem Fenster. Später soll diese Geschichte mir zur Warnung dienen, aber sie verfehlt ihre Wirkung.
Die Zwangsvorstellungen, mit denen sie erzogen wurde, sind stärker als sie, und sie hat nicht das Glück, Menschen zu begegnen, die sie von diesen Zwangsvorstellungen befreien.
Sie bleibt allein. Sie bleibt in ihrer Verlassenheit.
Die Stunden, in denen sie glücklich ist, sind die Stunden im Theater. Das Theater wird ihre Droge. Jeden Abend ist sie in der Oper, in der Burg, im Akademietheater. Sie verbraucht so viel Geld für Billetts, daß ihr Monatswechsel nicht mehr reicht. Sie kauft nur noch die billigsten Strümpfe, ißt nur noch im vegetarischen Restaurant. Ein Teller Reisbrei mit Pfirsichkompott kostet vierzig Groschen.
Im Sommer 1927 geht sie nach Berlin und setzt dort das Studium fort. Sie wohnt bei Verwandten, einem Bruder des Vaters, was der Mutter nicht paßt, denn Onkel Ernst ist Protestant, Künstler und Lebemann. Dazu kommt seine Frau. Als junges Mädchen stand sie an der Akademie Modell!
Berlin erscheint der Mutter als ein Sündenbabel. Sie bangt um ihre Tochter mehr denn je. Die Korrespondenz, die seit Genf begonnen hat, wird noch reger. Sie möchte alles wissen, von den Vorlesungen, die sie besucht, von den Theaterstücken, die sie sieht, von den Ausflügen, die sie mit den Cousinen unternimmt. Leichtlebige Cousinen. Eine ist geschieden; eine, »die ihr Leben verpfuscht hat«.
Sie schreibt der Mutter ausführliche Briefe aus Berlin; sie schickt ihr Theaterprogramme, Ausstellungskataloge, Ansichtskarten, Photographien. Die Mutter hebt alles auf, und als alte Frau liest sie mir, der Enkelin, aus den Briefen von damals vor.
Am liebsten würde sie länger in Berlin bleiben. Sie entdeckt, wie leicht das Leben sein kann. Sie beginnt zu rauchen, Zigarillos. Die Absätze ihrer Schuhe werden höher, manchmal trägt sie sogar ein Hütchen.
Die Anflüge von Weltschmerz werden seltener. Die Freiheit bekommt ihr. Dabei ist alles erst ein Beginn. Wenn sie einmal ihr Studium beendet hat, wenn sie berufstätig ist und selber Geld verdient... dann wird sie die ganze Welt bereisen. Alles will sie

sehen, alles will sie kennenlernen. Ja, Reisen, das ist ein großer Zukunftswunsch.
Sie hat bereits konkrete Vorstellungen von ihrem Beruf. Sie will sich auf Zivilrecht spezialisieren. Sie will ein Notariat aufmachen. Wird sie die erste Frau sein, die als juristische Sachverständige Gesellschaftsverträge zwischen Partnern in Wirtschaft und Industrie ausarbeitet?
1928 schreibt sie sich an der Universität in München ein. Die Mutter überwacht abermals die Wohnungswahl. Der Vater ist stolz auf seine Tochter und kommt oft zu Besuch. Er führt sie aus, macht sie mit seinen Freunden bekannt – bereitet ihre Karriere vor.
Für einen Ball im Deutschen Theater läßt er ein Kostüm im Rokokostil für sie anfertigen. Der Fächer aus Straußenfedern wird, passend zum Kleid, in hellem Türkis eingefärbt. Die Satinschuhe ebenfalls. Schuhgröße 36½. Sie hat Füße zum Tanzen, eine Haut wie Porzellan und einen Mund in der geschwungenen Form des Amorbogens, wie es gerade modern ist.
Zum erstenmal tanzt sie eine ganze Nacht durch. Sie beginnt, Gefallen zu finden am Leben, an sich selber – und an den Männern. Wenn es in Genf, in Wien, in Berlin keinem Mann gelungen ist, sie »aus der Bahn zu werfen«, wird es auch in München keinem gelingen.
Sie lernt ihn bei einem Mittagessen mit Landtagsabgeordneten kennen. Er ist ihr Tischherr. Als er sie fragt, ob sie mit ihm am nächsten Tag eine Ausstellung besuchen will, sagt sie zu.
Sie trifft ihn wieder.
Der Mutter schreibt sie nichts von diesem Mann.
Am 1. Oktober 1928 reist sie mit ihm nach Budapest. Im Hotel nehmen sie getrennte Zimmer. Wenn sie später von Budapest erzählt, betont sie immer dieses Detail, die getrennten Zimmer.
Im März 1929 reisen sie zusammen nach Prag. Von dieser Reise spricht sie nie.
Den Rest der Semesterferien verbringt sie in Weiden bei den Eltern. Am Morgen geht sie mit der Mutter zur Kirche, vormittags sitzt sie über den Büchern, nachmittags hilft sie im Garten und im Haus. Am Abend musiziert sie mit der Schwester.

Im Mai geht sie wieder nach München und setzt das Studium fort. Noch zwei Jahre...
In den Sommerferien erwartet man sie zu Hause. Wie jedes Jahr soll sie bei der Beerenernte und beim Einmachen der Früchte helfen, aber sie bleibt in München. Sie entschuldigt sich mit den Prüfungen, auf die sie sich vorbereiten muß. Die Mutter besteht darauf, daß sie nach Hause kommt. Ohne Erfolg.
Im Herbst ist der Vater in München. Er will sich mit seiner Tochter im Hotel Schottenhamel zum Abendessen verabreden, aber er kann sie nicht erreichen. Er fährt nach Schwabing, wo sie wohnt. Die Zimmerwirtin sagt ihm, das Fräulein Lang sei weggezogen. Die neue Adresse kennt sie nicht.
Er sucht Freunde auf. Niemand weiß, wo sie ist. Das einzige Lebenszeichen sind die Abhebungen der monatlichen Bezüge von ihrem Bankkonto. Sonst nichts.
Im Dezember teilt sie den Eltern mit, daß sie sich in einer Klinik in der Nähe von München aufhält. Der Ort heißt Grafrath.
Es ist nicht die Mutter, die nach Grafrath fährt, um zu sehen, was mit der Tochter los ist.
Der Vater macht sich auf und reist nach Grafrath. Er ist ein jähzorniger Mann; wegen einer Bagatelle kann er explodieren, aber in entscheidenden Momenten bleibt er besonnen.
Seine Tochter bekommt ein Kind.
Er hat dazu nur eine Frage: Wer ist der Mann?
Die Antwort seiner Tochter: Ich will nicht heiraten.
Er versteht nicht. Liebt sie den Mann?
Ja, sie liebt den Mann. Aber sie wird ihn nicht heiraten.
Der Vater will den Grund wissen. Ist der Mann nicht frei?
Doch, der Mann ist frei.
Es gelingt ihm nicht, die Tochter zur Vernunft zu bringen. Sie bleibt dabei, sie will nicht heiraten.
Daß die Tochter aufs Gymnasium ging, daß sie studierte – für ihn war das ein Spleen. Jetzt sieht er, daß sie mit ihren Berufsplänen so fanatisch ist wie die Mutter mit ihrem Glauben. Sie erklärt ihm, daß ihr Leben seit zehn Jahren nur aus Lernen besteht. Sie erklärt ihm, daß sie ihre Jugend geopfert hat, um eines Tages einen Beruf zu haben, der sie unabhängig macht von einem Mann.

Der Vater versteht seine Tochter, und er versteht sie nicht. Er versteht ihren Ehrgeiz – was er nicht versteht, ist der Männerhaß, den er hinter ihren Worten spürt. Ist es nur die bigotte Erziehung durch die Mutter? Oder steckt etwas anderes dahinter? Vielleicht ein Erlebnis, das sie geprägt hat?
Er findet keine Antwort darauf. Und es ist jetzt auch nicht die Zeit für solche Dinge. In zwei Monaten wird ein kleines Kind auf die Welt kommen, und dieses Kind hat ein Recht auf einen Vater.
Also verbündet er sich mit dem Vater.
»Verbünden« ist nicht das richtige Wort, denn die beiden Männer bleiben sich fremd, damals und immer.
Der Mann ist Jurist, Dr. rer. pol., arbeitet an der Handwerkskammer in Amberg. Er ist 35 Jahre alt und Junggeselle.
Nach dem Gespräch mit dem zukünftigen Schwiegervater bestellt er das Aufgebot.
Sie leistet keinen Widerstand mehr, nicht im Moment.
Ende Januar 1930 wird geheiratet. Keine Hochzeit, nur eine Trauung auf dem Standesamt. Der Vater ist Trauzeuge, die Chefin der Klinik ist die Trauzeugin. Von der Verwandtschaft ist niemand anwesend.
Am 25. Februar 1930 kommt das Kind zur Welt, ein Sohn. Ein Kind der Liebe. Ein Kind, dessen Mutter nur einen Wunsch hat: Sie will das Studium zu Ende bringen.
Das Studium zu Ende bringen heißt Staatsexamen, Referendarzeit an einem Gericht und schließlich Referendarexamen; das heißt zwei Jahre, in denen sie keine Zeit haben wird für das Kind.
Wieder ist es ihr Vater, der die Dinge regelt. Durch seine finanzielle Hilfe kann sie das Kind in ein Heim geben und das Studium wieder aufnehmen.
Sie ist Studentin, sie ist Mutter, sie ist Ehefrau. Sie hat ein Kind, und sie hat einen Mann. Dieser Mann existiert und existiert doch nicht. Er fehlt im Bild dieser Zeit. Alles geschieht ohne ihn.
Ihr Vater ist es, mit dem sie in Amberg eine Wohnung sucht. Ihr Vater ist es, mit dem sie in München die Möbel auswählt, die Teppiche, die Vorhänge, die Lampen, das Geschirr. Der Vater

läßt ihr einen Mahagonikasten um die Nähmaschine schreinern. Und der Vater ist es, der mit ihr an den Wochenenden zu dem Heim fährt, in dem ihr Sohn ist.
Ihr Sohn. Später, als ich dazukomme und mein jüngerer Bruder, werden wir *ihre* Kinder sein. Und sie selber bleibt im Grunde immer die Tochter des Carl Lang. Noch als alte Frau nennt sie sich in glücklichen Momenten das Lang-Mädchen.
Das Mädchen, das nicht heiraten wollte. Das Mädchen, das nur ein Ziel hatte: frei sein, ohne Mann leben.
Vor mir liegt ihr alter Reisepaß. Die letzten Eintragungen sind vom 28. März 1929 und vom 2. April 1929: Einreise und Ausreise aus der Tschechoslowakei. Dann folgen zweiundzwanzig leere Seiten, schilfgrünes Papier mit braunem Wasserzeichen.
Diese leeren Seiten sind es, die mich nicht loslassen. Ungelebte Seiten eines Lebens. Reisen, die nicht unternommen wurden. Wünsche, die sich nicht erfüllt haben. Eine Zukunft, die endete, bevor sie richtig begonnen hatte.
Es ist ein Mann, der sie um ihre Zukunft gebracht hat.
Sie liebt diesen Mann.
Und doch – wenn sie wüßte, wie sie sich von dieser Liebe befreien kann, sie würde es auf der Stelle tun.

Die Streiterin

Wenn es nach meinem Vater ginge, würden wir weder Weihnachten noch Ostern, noch Geburtstage feiern. Die Feste der Kirche verabscheut er, und von den Festen der Familie nimmt er nur widerwillig Kenntnis.
Schon Wochen vorher beginnt sein Boykott, passiv und aktiv. Die ersten Anzeichen sind Veränderungen im Benehmen. Normalerweise ist er fröhlich gestimmt. Wenn er aus dem Büro nach Hause kommt, ruft er schon im Treppenhaus nach seiner Frau und seinen Kindern.
»Maria! Karl!«
Er ist ein großer, schöner Mann. Er hat es gerne, wenn ich ihm

entgegenlaufe. Dann bleibt er stehen, hebt mich in die Höhe.
»Mein Silberfink!«
Er hätte es gern, wenn auch seine Frau ihm entgegenlaufen würde, aber sie steht oben und bedeutet ihm, daß er nicht so laut sein soll.
Er lacht sie aus, ruft Kosenamen – jeden Tag erfindet er neue – und stürmt ihr entgegen. Wenn sie nicht schnell genug entwischt, hebt er sie in die Luft. Ein unterdrückter Schrei. Sie reißt sich los und rennt in die Wohnung.
Mittags und abends spielt sich das ab – eines Tages jedoch ist alles anders. Stumm steigt er die Treppe herauf. Stumm hängt er den Hut an den Ständer. Mit einem stummen Nicken grüßt er seine Frau, uns Kinder sieht er kaum. Dann verschwindet er im Herrenzimmer.
Meine Mutter gibt uns zu verstehen, daß wir still sein sollen. Wir flüstern, wir schleichen, aber das Unvermeidliche geschieht: Ein Teller klappert.
Die Tür geht auf, und mein Vater fragt mit steinerner Miene, ob er uns beim Zerschlagen des Geschirrs helfen soll. Die Tür schließt sich wieder.
»Was hat er?« will ich wissen.
»Das siehst du doch, schlechte Laune.«
»Und warum hat er schlechte Laune?«
Meine Mutter zuckt die Achseln: »Vermutlich hängt das mit Weihnachten zusammen. Er hat gemerkt, daß in vier Wochen Weihnachten ist. Im Büro werden sie geredet haben, was man schenken soll...« Und zu seiner Entschuldigung fährt sie fort: »Alle Männer sind so. Männer mögen Feste nicht.«
Die vier Wochen vor Weihnachten geht mein Vater in den Widerstand: »Ich will keine Geschenke von euch! – Ich will keinen Christbaum! – Ich will kein Weihnachtsgebäck!«
Die Familie spaltet sich in zwei Lager. Meine Mutter und wir Kinder bereiten das Fest vor, mein Vater sabotiert. »Das Geld reicht nicht? Das Geld muß reichen. – Ich soll den Baum heimtragen? Ich will keinen Baum.«
Einmal geschieht das Wunder, und mein Vater bringt eine Tanne nach Hause. Meine Mutter bekommt feuchte Augen.
Ihre Freude dauert bis zu dem Moment, in dem sie die Ver-

schnürung löst: ein kahler Stamm, nur oben und unten ein paar Äste. Es ist zu spät, um einen anderen Baum zu kaufen. Es fehlt auch am Geld. Aber sie hat ein Bündel Tannenzweige, sie hat Handwerkszeug. Also holt sie Fuchsschwanz, Bohrer, Draht und beginnt einen Christbaum zu zimmern.
Plötzlich steht mein Vater da. Er ist in Hut und Mantel. Er erklärt, daß er jetzt geht. Es klingt so, als würde er nie wiederkommen.
Meine Mutter bleibt ruhig. Sie schluckt alles. Sie hält durch. Sie will *ihr* Fest, und sie hat schließlich *ihr* Fest.
Die Flügeltür, die tagelang mit zwei blauen Decken verhängt war, tut sich auf. Meine Mutter steht an der Schwelle. Eben noch war sie in Schürze und hatte das Haar mit einem Tuch zugebunden – »Dienstmagd« nennt sie sich dann –, jetzt ist sie verwandelt. Sie trägt etwas Langes, Fließendes, eine Locke fällt ihr in die Stirn. Sie sagt nichts, sie streckt uns die Hände entgegen. Sie ist die gute Fee aus dem Märchen.
Der Baum funkelt. Der Baum dreht sich. Die alte Spieldose, die ihn trägt und die ihn dreht, spielt Weihnachtslieder. Das Kasperltheater, die Dampfmaschine auf dem großen Brett mit den vielen Apparaten, der große Kaufmannsladen, in dem man richtig stehen kann, die Puppenküche, in der man richtig kochen kann, die Puppenstube, in der die Lämpchen richtig brennen.
Ja, es ist Weihnachten!
Unser Vater bleibt einsilbig. Wir bitten ihn, seine Geschenke auszupacken, aber er wirft nur einen kurzen Blick darauf.
»Das hat morgen auch noch Zeit.«
Er verbarrikadiert sich hinter einer Zeitung, behält aber den Baum im Auge und jede unserer Bewegungen.
»Vorsicht! Du wirfst den Baum um. Soll das Haus abbrennen?«
Nach einer halben Stunde ist er am Rande der Panik und beginnt, die Kerzen zu löschen.
Wir protestieren. Er ist unerbittlich.
»Ich lasse nicht zu, daß wir in Flammen aufgehen. Bis die Feuerwehr kommt, ist es zu spät.«
Wenn er alle Kerzen gelöscht hat, zieht er sich hinter seine Staffelei zurück. Er malt nicht, er blättert Skizzen durch.
Erst beim Karpfenessen findet er ein freundliches Wort für seine

Frau. Sie überhört es, wie sie in den letzten Wochen die bösen Worte überhört hat.
Nach dem Essen überreicht er ihr ein kleines Paket. Sie nimmt es und will es ungeöffnet auf den Gabentisch legen, aber er protestiert.
»Bitte, mach auf!«
Ein rotes Etui, weißes Seidenpolster und darauf eine Kette aus wasserblauen Steinen.
»Nun?«
Meine Mutter nimmt die Kette aus dem Etui, hält sie ans Licht und legt sie zurück.
»Die Kette paßt zu deinem Kleid.«
Sie bleibt stumm. Sie macht keine Anstalten, die Kette umzulegen.
»Du sagst immer, daß du keinen Schmuck hast...«
Er legt ihr die Kette um den Hals.
»Willst du dich nicht im Spiegel anschauen?«
Sie verläßt das Zimmer. Sie bleibt lange fort. Ich suche sie. In der Küche ist sie nicht. Im Bad ist sie nicht. Ich laufe über den Gang ins Schlafzimmer. Dort finde ich sie. Sie steht am Fenster und blickt in die Nacht hinaus.
»Was ist?«
»Nichts... Ich wollte nur ein bißchen allein sein.«
»Gefällt dir die Kette nicht?«
Sie setzt sich vor den Spiegeltisch, löst den Verschluß der Kette.
»Warum läßt du sie nicht an?«
Sie legt die Kette weg und steht auf.
»Es ist Glas, gefärbtes Glas... Talmi.«

Sie öffnet das Fenster, und es ist Frühling. Sie tritt vor den Spiegel, und es ist Frühling. Der Schatten einer Schwalbe? Ja, die ersten sind zurück, die ungeduldigen, die im Süden Heimweh hatten nach unserer Insel und nach der Donau.
Der Schlag von Rudern? Ja, dort sind zwei Boote, die ersten des Ruderclubs, die das Training aufnehmen. Die Donau ist schnell, aber die zwei Boote sind schneller.
Die Luft beginnt zu klingen. Das sind die Mittagsglocken. Der

Südostwind trägt ihren Klang über den Strom zur Insel herüber und durch das offene Fenster ins Haus.
Als es wieder still ist, hört sie die Stimmen der Jungen. Sie müssen irgendwo am Uferquai sein. Man sieht sie nicht, nur die Schulranzen liegen oben auf der Böschung.
Sie hat es nicht gern, wenn Karl so nahe am Wasser spielt, denn er kann noch nicht schwimmen. Dieses Jahr muß er es unbedingt lernen. Alle Jungen auf der Insel können schwimmen.
Jetzt ist sie allerdings nicht in Unruhe, Karl ist nicht bei den Jungen. Karl hat noch Schule. Es wird halb eins werden, bis er heimkommt.
Sie legt sich ein Kissen auf die Fensterbrüstung. Es ist schön in der Sonne. Die zwei Ruderboote haben gewendet; flußaufwärts sind sie nicht so schnell.
Die Stimmen der Jungen werden lauter. Alle schreien durcheinander. Einer steht plötzlich auf der Böschung. Er packt seinen Ranzen und läuft davon.
Jetzt kommen die anderen Jungen die Böschung herauf. Sie sind verstört, haben nasse Kleider. Einer weint. Sie kennt ihn. Er geht in dieselbe Klasse wie Karl. Wenn er da ist, kann auch Karl nicht weit sein.
Karl hat sie also belogen. Er hat ihr einen falschen Stundenplan angegeben. Sie hatte schon den Verdacht, jetzt ist es erwiesen, daß er sie belügt. Sie wird ihn sofort zur Rede stellen.
»Wo ist Karl?«
Sie sucht am Quai, sie sucht die Böschung ab. Wo hat er sich versteckt?
Sie sieht die Jungen auf der Holzbrücke vor dem Sägewerk. Sie läuft zu ihnen.
»Wo ist Karl?«
Sie antworten ihr alle gleichzeitig. Sie deuten ins Wasser.
Sie hätten kleine Fische fangen wollen, dort am Quai. Karl sei gestürzt. Sie hätten versucht, ihn herauszuziehen, aber die Strömung habe ihn weggetragen, hierher zu dieser Brücke.
Sie fragt die Jungen aus, und die Jungen geben Antwort, aber sie begreift nicht, was sie sagen.
Nach der Brücke kommt ein Wehr. Das Wasser stürzt zehn Meter tief hinunter und treibt das Rad des Sägewerks an. Jeden Mit-

tag um zwölf Uhr ist Pause im Sägewerk, und das Rad wird hochgezogen. Auch jetzt ist das Rad hochgezogen.
Sie steht am Wehr und blickt in das Wasser. Sie begreift nicht.
Die Jungen laufen zu dem Damm unter der Steinernen Brücke.
Dort ist das Wasser niedrig.
Vielleicht können sie Karl dort herausfischen.
Den Rücken nach oben, treibt der Körper im Wasser. Sie sieht das weiße Hemd, die dunkle kurze Hose, das Haar, das schwarz vor Nässe ist. Er liegt im Wasser, als würde er schlafen.
Oben auf der Brücke werden die Menschen aufmerksam, bleiben an der Brüstung stehen. Einer der Jungen zieht die Schuhe aus und will ins Wasser. Sie reißt ihn zurück, schlägt ihm ins Gesicht, als er sich wehrt.
Am anderen Ufer taucht ein Mann auf. Er wirft seine Jacke weg und springt ins Wasser. Er schwimmt zu dem leblosen Körper, bringt ihn an Land und beginnt mit Wiederbelebungsversuchen.
Als meine Mutter hinzukommt, ist bereits der Sanitätswagen da. Der Mann, der Karl aus dem Wasser geholt hat, steigt mit in den Wagen und begleitet meine Mutter nach Hause.
Karl lebt. Sein Herz schlägt, sein Atem geht, aber er ist bewußtlos. Bei dem Sturz muß er mit dem Kopf aufgeschlagen sein, und zwar so stark, daß er sofort das Bewußtsein verlor. Das war seine Rettung. Er hat kaum Wasser geschluckt. Er hätte noch lange im Wasser weitertreiben können, ohne zu ertrinken.
Der Mann, der ihn aus dem Wasser geholt hat, geht, und ein Arzt kommt.
Karl liegt auf dem Sofa im Wohnzimmer. Sie sitzt bei ihm und wartet darauf, daß er zu sich kommt. Stunde um Stunde vergeht, es wird Abend, es wird Nacht. Einmal murmelt er etwas.
Es vergehen zwanzig Stunden, bis er die Augen aufschlägt. Und es vergehen noch einmal zwanzig Stunden, bis er sich erinnern kann, was geschehen ist.
Sie hat die Jungen befragt, wie es passierte. Jetzt zwingt sie ihn, den Hergang zu berichten:
Die Schule ist eine Stunde früher aus, und sie überlegen, was sie unternehmen sollen. Einer hat die Idee, sie könnten mit dem Taschentuch Fische fangen. Am Ufer stehen Schwärme winziger

Fische. Die Steintreppe am Uferquai ist eng und glitschig. Sie knien dort, beugen sich übers Wasser. Einem gleitet das Taschentuch aus der Hand. Er beginnt zu weinen. Karl will das Taschentuch herausholen und stürzt dabei ins Wasser.
»Was geht dich sein Taschentuch an! Bist du verantwortlich, wenn er es fallen läßt? Deine Gutmütigkeit hätte dich das Leben kosten können.«
Das ist sie. Selbst in dieser Stunde verbirgt sie ihre Gefühle. Auch später, wenn sie mir davon erzählt – als es geschah, war ich zwei Jahre –, tut sie es sachlich, genau im Detail, ohne die geringste Ausschmückung. Ein juristisches Protokoll.
Sie zeigt ihre Gefühle nicht, weder in Gesten noch in Worten. Mein Bruder leidet darunter. Er sehnt sich nach Zärtlichkeit. Er will nicht erzogen werden, er will geliebt werden.
Er weiß nicht, daß sie halb verrückt ist vor Angst, wenn er einmal später nach Hause kommt, als abgemacht. Er weiß nicht, daß sie jedes Jahr sein Horoskop stellen läßt.
Ich bin dabei, wenn sie das Horoskop abholt und es sich erklären läßt. »Sein Leben ist nicht in Gefahr? Wirklich?«
Ich bin dabei, wenn sie in einer Kirche zum Altar geht und dort eine Kerze aufstellt, damit der Himmel ihn beschützen soll.
Ich darf wissen, wie sehr sie ihn liebt – er darf es nicht wissen.

Es ist Krieg. Die Bombenangriffe haben begonnen. Im Radio kommen täglich Meldungen über feindliche Flugzeugverbände, aber wir in Regensburg sind fest davon überzeugt, daß bei uns keine Bomben fallen werden. Die einen glauben, daß die Gegenwart des Bischofs uns schützt; die anderen sind der Meinung, daß der Fürst von Thurn und Taxis so gute Beziehungen zu den Engländern hat, daß sie »seine Stadt« niemals bombardieren werden.
Fast jeden Tag heulen die Sirenen. Vorwarnung, Entwarnung, richtiger Alarm, wieder Entwarnung. Niemand setzt sich deswegen in den Keller. Das Leben geht weiter wie immer, nur der Unterricht wird unterbrochen, und wir Kinder dürfen nach Hause. Kein Wunder, daß wir Fliegeralarm großartig finden und nur darauf warten, die Sirenen heulen zu hören.
An diesem Tag schicken sie uns um elf Uhr heim.

Meine Freundin Gusti kommt mit mir in die Badstraße, und wir machen unsere Hausaufgaben. In einer halben Stunde sind wir fertig und können die Schulranzen schon für den nächsten Tag packen.
Meine Mutter deckt den Tisch für das Mittagessen. Mein Vater kommt nach Hause, dann mein Bruder.
Gusti muß heim; sie ist kaum aus dem Haus, da heulen die Sirenen: nicht Entwarnung, wie wir erwartet haben, sondern richtiger Alarm.
Trotzdem setzen wir uns an den Tisch. Noch heute sehe ich alles deutlich vor mir. Es ist ein Tisch wie aus einem Kochbuch. Weiß gedeckt, mit schönem Porzellan, mit Silberbesteck, mit Servietten. Auf einer ovalen Platte die roten und grünen Paprikaschoten, auf einer runden Platte der Reisrand.
Meine Mutter teilt aus.
Es ist ein strahlender Sommertag. Keine Wolke ist am Himmel, kein Lüftchen regt sich. Die Fenster stehen weit offen.
Karl hört die Flugzeuge als erster. Er springt auf und läuft zum Fenster.
»Setz dich! Es wird gegessen.«
»Hört ihr das Brummen? Das müssen viele Flugzeuge sein.«
»Setz dich! Das Essen wird kalt.«
Plötzlich steht mein Vater auf. Nach einem Blick aus dem Fenster entscheidet er:
»Wir gehen in den Hof.«
Und als wir unten sind:
»Im Ernstfall auf die Erde werfen. Habt ihr gehört? Flach auf die Erde, den Kopf mit den Armen schützen.«
Auch aus dem Nachbarhaus kommen die Leute. Alle blicken zum Himmel. Das Brummen kommt näher, aber wo sind die Flugzeuge?
Endlich entdecken wir sie am blauen Himmel. Sie sind winzig. Zwei fliegen an der Spitze, die anderen folgen, zu einem Dreieck formiert.
»Wie hoch fliegen sie?«
»Viertausend Meter, vielleicht auch mehr.«
Früher einmal wollte Karl Bauer werden, jetzt träumt er davon, Pilot zu sein.

Die Flugzeuge ziehen ihre Bahn. Die Donau abwärts – ja, sie folgen dem Fluß –, weiter und weiter, gleich werden sie im Blau des Himmels verschwinden. Doch da schwenken sie nach links. Die ganze Formation beschreibt einen Halbkreis und kommt zurück. Immer noch sind sie sehr hoch.
Jemand hat ein Fernglas geholt. Es wird von Hand zu Hand gereicht. Jeder darf einmal durchschauen. Die Männer geben Kommentare: Aufklärer sind es nicht. Auch keine Jäger.
»Das sind Bomber«, sagt Herr Frei aus dem Nachbarhaus.
Meine Mutter ist nicht mit in den Hof gekommen. Sie wollte im Luftschutzkeller nachsehen, ob alles in Ordnung ist.
Nicht, daß sie an diesen Luftschutzkeller glaubt. Immer wieder erklärt sie, daß er im Ernstfall keinen Schutz bieten wird, es sei denn, man stütze die Decke ab. Immer wieder schildert sie, was geschehen wird, wenn eine Sprengbombe einschlägt: wie das Haus in sich zusammenstürzt, wie wir verschüttet unter den Trümmern liegen. Ihre Worte sind so suggestiv, daß ich schon bei den Luftschutzübungen, die einmal im Monat stattfinden, Angst habe, den Keller zu betreten. Noch schlimmer wird es, wenn ich die Gasmaske aufsetzen muß. Ich glaube zu erstikken.
Die Flugzeuge sind jetzt über uns. Mein Bruder zählt zwanzig, und Herr Frei versucht zu schätzen, wie viele Bomben sie bei sich haben. Die nächste Frage ist: Für welches Ziel sind die Bomben bestimmt? Die Bombardements in der letzten Zeit galten vor allem Rüstungsbetrieben. Sollten diesmal die Messerschmitt-Werke an der Reihe sein?
Meine Mutter erscheint unter der Haustür, aber sie kommt nicht zu uns. Sie geht in den Vorgarten, verschwindet hinter den Stangenbohnen. Durch das Grün leuchtet ihr helles Kleid. Sie rückt den Liegestuhl in den Schatten, pflückt ein paar Blüten von der Kapuzinerkresse.
Die Flugzeuge ziehen gegen Westen. Ich kann mir nicht vorstellen, daß dort oben Menschen sind – Feinde! – und daß sie Bomben auf uns werfen wollen. Das Bild ist zu schön: ein Schwarm silberner Vögel am blauen Himmel...
Plötzlich ist ein Rauschen in der Luft. Sturm! Aus dem blauen Sommerhimmel bricht Sturm los.

Karl, der auf der Straße ist, ruft uns zu:
»Sie greifen an!«
Die Leute im Hof laufen auseinander: die Männer auf die Straße, die Frauen in unser Haus.
Ein dumpfer Knall, weit entfernt.
Meine Mutter nimmt mich bei der Hand, und wir laufen ins Haus. Mein Bruder bleibt im Freien, auch mein Vater kommt nicht mit ins Haus.
Im Luftschutzkeller ist es dunkel und kühl. Wir kauern am Boden. Wir hören die Einschläge der Bomben, und wir spüren sie. Der Boden zittert, das ganze Haus zittert. Ein Stück Verputz löst sich von der Decke und fällt zu Boden. Meine Mutter legt den Arm um mich.
»Ich bin da.«
Alle Ängste meiner Kindheit wehrt sie mit diesen drei Worten von mir ab. Wenn ich nachts aus einem Alptraum auffahre, sie ist da. Wenn Krankheit und Fieber mich quälen, sie weicht nicht von meinem Bett. Erst viele Jahre später kommen Ängste, mit denen sie mich allein läßt.
»Ich bin da.«
Bombe auf Bombe schlägt ein, immer lauter, immer näher. Eine Pause, und dann eine Explosion in unmittelbarer Nähe. Das Notlicht im Keller erlischt. Dunkel und Todesangst und Stille. Die Stille ist das Schlimmste. Endlich ein Geräusch. Die Schritte meines Vaters?
Jemand öffnet die Tür des Luftschutzkellers. Tageslicht fällt herein. Ein Mann steht dort, sagt etwas. Ist es mein Vater? Alle verlassen den Luftschutzkeller, drängen hinaus in den Hof. Ich will ihnen folgen, aber meine Mutter hält mich fest.
»Ich sehe im Haus nach, ob alles in Ordnung ist.«
Wir beginnen auf dem Speicher. Das Dach ist unversehrt, nur die Scheibe eines Dachfensters liegt zerbrochen am Boden.
»Der Luftdruck.«
Wir gehen in unsere Wohnung. Auf dem Fensterbrett der Küche sitzt eine Taube; im Wohnzimmer kommt Musik aus dem Radio. Alles erscheint mir fremd. Es ist, als sei ich das erste Mal da.
»Irgendwo brennt es... Riechst du es nicht?«
Im Schlafzimmer sind die grünen Läden vorgelegt. Das Halb-

dunkel macht den Raum größer. In den dünnen Lichtstreifen tanzt der Staub. Meine Mutter stößt einen Laden auf. Das Sonnenlicht blendet mich.
Jenseits der Donau, auf der Stadtseite, genau gegenüber von uns, brennt ein Haus.
Ich stehe am Fenster und blicke hinüber zur Stadt. Alles ist wie sonst. Nichts ist wie sonst! Das brennende Haus hat alles verändert.
Die Seilerei Seyboth ist ein großes Gebäude: Wohnhaus, Geschäft, Werkstätte und Lager in einem. Die Flammen schlagen aus dem Dach und aus den Fenstern. Dunkler Rauch steigt in den Sommerhimmel. Am westlichen Giebel, dort, wo der Kran des Lastenaufzugs ist, werden Warenballen heruntergeworfen. Der Wind trägt den Brandgeruch zu uns herüber.
Meine Mutter spricht mehr zu sich selbst als zu mir.
»Es hätte auch uns treffen können.«
»Wo sind die anderen Bomben gefallen?«
Sie gibt mir keine Antwort. Sie schließt die Läden, und wir verlassen die Wohnung. Sie schickt mich aus dem Haus und geht in den Luftschutzkeller. Ein Geräusch läßt mich stutzen, und ich kehre um. Sie hat die Tür des Luftschutzkellers bis auf einen Spalt zugezogen. Ich sehe, wie sie mit dem Spaten gegen die Decke schlägt, dort wo schon ein Stück Verputz herausgebrochen ist. Ein Brocken fällt. Sie hebt den Spaten wieder. Ein zweiter Brocken, ein dritter. Morsche Bretter kommen zum Vorschein.
Sie ist eine kleine Frau, aber sie hat Kraft. Sie schlägt den Verputz der halben Decke herunter.
Als sie den Spaten wegstellt, sieht sie mich, und ich muß ihr versprechen, zu schweigen. Sie ist ruhig, aber es ist eine Ruhe, die mir angst macht.
»Geh jetzt und hole deinen Vater.«
Ich finde meinen Vater vor dem Haus. Alle Männer der Insel sind dort versammelt und diskutieren: Die Messerschmitt-Werke sind bombardiert worden. Aber die wichtigsten Hallen haben sie nicht getroffen. Ob sie wiederkommen? Natürlich werden sie wiederkommen. In der Stadt sind keine Bomben gefallen. Nur das Seyboth-Haus hat es erwischt.

»Beim Abdrehen noch schnell den Rest ausgeklinkt. Ein Schwenker nach links, und sie wären auf unser Haus gefallen.« Mein Vater sagt das lächelnd. Ein Hans im Glück. Er ist aufgekratzt, erzählt vom Ersten Weltkrieg, von den Schützengräben an der Westfront. Auch dort schlug es immer haarscharf neben ihm ein. Andere fielen, er blieb verschont. »Glück muß man haben.«
Dann sehe ich die Fische. Sie schwimmen an der Oberfläche des Wassers, den weißen Bauch nach oben. Die Donau ist voll toter Fische.
Ich will wissen, woher die toten Fische kommen, und mein Vater erklärt es mir: Bomben sind ins Wasser gefallen, und der Druck hat ihnen die Schwimmblasen zerrissen.
Ein Kahn stößt vom Ufer ab, zwei Männer werfen ein Netz aus.
Vor dem Seyboth-Haus hält ein Feuerwehrwagen. Männer springen heraus. Sie legen Leitern an das Haus, klettern hinauf, richten die Wasserstrahlen gegen das Feuer.
Meine Mutter erscheint. Sie tritt vor das Hoftor, sie kommt nicht über die Straße, und sie macht auch kein Zeichen. Sie steht nur dort und wartet, eine kleine helle Gestalt. Die Männer sehen sie und dämpfen die Stimmen.
Sie führt meinen Vater in den Luftschutzkeller. Stumm zeigt sie ihm, wie es dort aussieht. Stumm gibt sie ihm die Taschenlampe in die Hand. Er zeigt sich nicht beeindruckt, sondern reagiert entwaffnend nüchtern.
»Ich habe dir immer gesagt, im Freien ist man sicherer als hier drinnen.«
Sie sieht ihn an.
»Wenn die Bomben, die das Seyboth-Haus getroffen haben, hier eingeschlagen hätten, würden wir nicht mehr leben.«
»Es waren nur Brandbomben.«
»Ich bleibe nicht in diesem Haus, wenn der Keller nicht abgestützt wird.«
»Wieso? Es ist doch nichts passiert.«
»Und das Seyboth-Haus?«
»Das ist Zufall.«
»Und beim nächsten Angriff?«
»Ach was...«

»Ich bleibe nicht in diesem Haus.«
Sie wendet sich zum Gehen, aber er hält sie fest.
»Warum hast du nie gesagt, daß du Angst hast?«
»Es geht nicht darum.«
Sie löst sich von ihm, tritt einen Schritt zurück.
»Ich bitte dich, laß den Keller abstützen. Es ist nicht wegen mir, es ist wegen der Kinder.«
Ich fühle, daß sie ihn haßt. Immer, wenn sie ihn um etwas bitten muß, das er eigentlich von sich aus tun müßte, haßt sie ihn. Sie bittet selten um etwas, und wenn, dann ist es für uns Kinder. Für sich selber bittet sie nie. Sie kann es nicht. Sie ist zu stolz.

Im Jahre 1944, mit neununddreißig Jahren, bringt sie ihr drittes Kind zur Welt. Sie hat sich einen Sohn gewünscht, und es ist ein Sohn.
Während der Monate vorher sind alle sehr besorgt um sie. Dauernd wird sie gefragt, wie es ihr geht, ob sie keine Beschwerden hat.
»Ja, es geht mir gut. Nein, ich habe keine Beschwerden.« Sie schüttelt den Kopf. »Was ihr nur habt! Dazu sind wir Frauen doch gemacht – Kinder zu haben. Bei den Naturvölkern kommen die Kinder ohne Arzt, ohne Hebamme. Wenn es soweit ist, verschwindet die Frau in einem dunklen Winkel, und eine Stunde später ist das Kind da.«
Ihr Arzt, Doktor Engel, denkt anders. Jede Woche taucht er bei uns auf. Unangemeldet fährt sein Auto in den Hof, unangemeldet steht er in der Küche, wo meine Mutter bügelt.
»Ich habe Ihnen verboten zu bügeln!«
Jedes Wort von ihm ist eine Ermahnung:
»Sie müssen sich schonen. Sie rauchen doch nicht mehr? Oder? Auch zuviel Kaffee ist schädlich.«
Meine Mutter wird ungeduldig:
»Soll ich mich vielleicht neun Monate lang ins Bett legen und die Kranke spielen?«
»Sie dürfen nicht schwer tragen. Keine Kohleneimer, keine Waschkörbe. Strengstes Verbot! Sie brauchen eine Hilfe für die schwere Arbeit. Sie wissen...«
Weiter kommt er nicht. Sie lacht, sie unterbricht ihn, und wenn

das nichts nützt, bugsiert sie ihn ins Wohnzimmer. Die Tür schließt sich, und ich kann nicht mehr hören, was sie sprechen. Daß eine Halbtagshilfe engagiert wird für die schwere Arbeit, setzt er schließlich durch.
Meine Mutter trägt keine Umstandskleider; man sieht ihr nicht an, daß sie »in anderen Umständen« ist, nicht auf den ersten Blick, und auf den zweiten meint man nur, daß sie runder geworden ist. Es steht ihr; alles an ihr wird weicher, auch ihr Wesen. Wenn sie ihre heimliche Zigarette raucht, in der Sofaecke zusammengerollt, hat sie einen Ausdruck im Gesicht, als schlafe sie mit offenen Augen.
Sie spielt oft Klavier, übt stundenlang, bis »die Hausfrauenhände sich wieder daran erinnern, was sie früher einmal gelernt haben, und der Beethoven wieder klingt, wie er klingen soll«.
Wenn das Wetter schön ist, fliegen wir aus.
Der Tennisplatz am Oberen Wöhrd hat eine schattige Tribüne, und wir unterhalten uns damit, die Damen der Regensburger Gesellschaft zu beobachten. Die meisten sehen komisch aus in den weißen Röckchen und den weißen Söckchen. Nur die Frau des Spediteurs Seitz gefällt uns. Sie ist schlank, groß, aschblond und schön wie eine Filmschauspielerin.
Oder wir wandern hinaus nach Prüfening zur Rennbahn, wo jeden Nachmittag ein alter Jockey mit schwarzgefärbtem Haar und grasgrüner Montur die Einjährigen trainiert.
Oder wir gehen in die Stadt. Wir bummeln, wir studieren die Schaukästen der Kinos. Meine Mutter kennt alle Schauspieler, und oft kennt sie auch die Filme und kann mir die Handlung erzählen. Mich interessieren vor allem die Vornamen der Männer, denn ich suche etwas Besonderes für meinen zukünftigen Bruder. Ich denke nie daran, daß es auch ein Mädchen werden könnte.
Auf einem Filmplakat steht PARACELSUS. Das ist ein Name nach meinem Sinn. Meine Mutter findet ihn zu extravagant. Alle meine Vorschläge sind ihr zu extravagant, aber sie hört mich geduldig an, und wieder hat sie einen Ausdruck im Gesicht, als schlafe sie mit offenen Augen.
Es ist Krieg. Wenn wir im Café Schürnbrand einen Bienenstich essen wollen, müssen wir Kuchenmarken abgeben. Meist sind

wir sparsam und nehmen nur ein Glas Limonade. Meine Mutter raucht eine ihrer heimlichen Zigaretten und holt sich eine Berliner Zeitung von dem großen Ständer. Dann sehen wir nach, was in den Theatern gespielt wird: in der Oper »Elektra«. »Die habe ich in Wien gehört. Strauss selber hat dirigiert. Im Schauspiel geben sie ›Gespenster‹ von Ibsen. Als ich das Stück zum erstenmal sah, spielte Moissi den jungen Mann.«
Wir machen keine Einkäufe an diesen Nachmittagen. Wir sind Müßiggänger. Manchmal sind wir auch Durchreisende, die einen Zug überspringen, um Regensburg anzuschauen.
Wollen wir zur Donau?
Natürlich. Die berühmte blaue Donau muß man gesehen haben. Aber sie ist nicht blau, sondern grau, und sie braust und rauscht um die Pfeiler. Gleich wird sie die Brücke mitnehmen...
»Nein, die Brücke steht fest. Der Baumeister hat dem Teufel seine Seele verschrieben, damit die Brücke nie einstürzt. Das ist achthundert Jahre her, aber ein Pakt mit dem Teufel gilt ewig.«
An einem Landesteg liegt ein weißer Dampfer. Die Regensburger Fahne flattert am Mast: zwei gekreuzte silberne Schlüssel auf rotem Grund.
Ein Ausflug zur Walhalla?
Natürlich. Die berühmte Walhalla muß man gesehen haben. Es ist windig auf dem Schiff, aber meine Mutter hat den Staubmantel dabei; es ist ein Doubleface aus Fallschirmseide, eine Seite hell, die andere marineblau. »Ideal auf Reisen.«
Einmal gehen wir tatsächlich auf eine Reise. Zuerst studieren wir den Fahrplan, den wir zu Hause haben, dann gehen wir zum Bahnhof, und ein Beamter schlägt im Kursbuch für uns nach.
Waldmünchen.
Das ist ein Ort im Bayerischen Wald. Tante Elisabeth lebt dort, seit ihr Regensburg zu unsicher geworden ist.
Einen direkten Zug gibt es nicht. Wir müssen in Cham umsteigen und werden fünf Stunden unterwegs sein. Es ist Krieg, und aus fünf Stunden können leicht zehn werden. Also entscheiden wir uns für den ersten Zug nach Cham. Der Koffer – der Koffer, der meine Mutter als Studentin begleitet hat – wird am Abend vorher zur Bahn gebracht.

Es ist Mai. Früh um vier, als wir das Haus verlasssen, schläft noch alles in einem verschwommenen elementaren Blau. Nur die Vögel sind wach. Sie fliegen hoch oben um die Türme, kreisen mit der Strömung des Windes, lassen sich fallen, steigen wieder. Wenn die Sonne aufgeht, werden sie die ersten Strahlen in ihrem Gefieder einfangen.
Meine Mutter hat den Staubmantel lose um die Schultern. Einmal fällt er zur Erde. Sie bückt sich, verliert das Gleichgewicht, und ich kann sie gerade noch halten. Sie ist weiß im Gesicht. Ich spüre ihr Gewicht, und ich spüre, daß in ihrem Körper etwas geschieht.
Ich habe meine Mutter noch nie nackt gesehen, aber in diesem Moment – ich erinnere mich genau – versuche ich mir ihren nackten Körper vorzustellen und in diesem nackten Körper das nackte ungeborene Kind.
Während ich mir das vorstelle, begreife ich, daß es einmal eine Zeit gab, da war ich das ungeborene Kind, das sie in sich trug. Und davor? Davor gab es mich nicht. Wie bin ich entstanden? Es hat mit meinem Vater zu tun, soviel weiß ich. Es geschieht im Schlafzimmer, im Bett, auch das weiß ich.
Aber meine Eltern schlafen nicht in einem Bett. Sie haben getrennte Betten. Ein Möbel steht dazwischen mit einer Lampe, einer Schublade und einem Fach für Bücher.
Mein Vater geht immer früh zu Bett, meine Mutter sehr spät. Sie liest bis in die Nacht hinein im Wohnzimmer. Was hat mein Vater mit meiner Mutter gemacht, daß sie mich bekam?
Ich kann es mir nicht vorstellen.
Das ungeborene Kind im Körper meiner Mutter kann ich mir sehr gut vorstellen.
Sie hat die Schwäche überwunden und sich aufgerichtet. Sie gibt mir ihre Handtasche, während sie den Staubmantel anzieht.
Ich habe Scheu, sie zu fragen, aber die Neugier ist stärker: »Wie war es bei mir?«
Sie versteht nicht gleich.
»Was meinst du?«
Ich deutete auf ihren Leib. »Als ich da drinnen war.«
Meine Geste und meine Worte erschrecken sie. Röte steigt ihr

ins Gesicht, und mit abgewandtem Blick sagt sie: »Normal... alles ganz normal.«
Ich fühle ihre Abwehr, und eine Weile gehen wir schweigend nebeneinander her. Die Ermahnungen von Doktor Engel fallen mir ein. Und noch etwas geht mir durch den Sinn: die Bemerkungen über Frauen, die ein Kind bekommen, das sie nicht wollen. Also frage ich: »Wolltest du mich?«
Sie lacht. »Du stellst heute komische Fragen.«
»Wolltest du mich?«
»Natürlich wollte ich dich.«
»Wirklich?«
»Ja.«
»Du wolltest ein Mädchen?«
»Das kann man sich nicht aussuchen. Aber Karl wollte unbedingt eine Schwester haben.«
Das hat sie mir schon öfter gesagt, aber ich höre es immer wieder gern.
»Er wollte eine Schwester?«
»Ja, das hatte er sich in den Kopf gesetzt, eine Schwester, und zwar zu Weihnachten. Er war sehr enttäuscht, als du Weihnachten nicht da warst und er noch bis Februar warten mußte.«
»Und Vater? Wollte *er* eine Tochter?«
»Er hätte am liebsten sieben Kinder.«
Das ist neu für mich. »Und du? Möchtest du auch sieben Stück?«
»Um Gottes willen! Sieben Kinder! Jetzt im Krieg – und überhaupt. Ich bin...«, sie verstummt, sucht nach Worten, »... ich bin doch keine Gebärmaschine.«
Gebärmaschine. Obwohl sie dem Wort eine komische Betonung gibt, stößt es mich ab. Ich werde es noch oft von ihr hören.
»Wie war es, als ich zur Welt kam... War es schlimm?«
Sie schüttelt den Kopf. »Normal... ganz normal. Die Natur hat das alles gut eingerichtet...«
»Und warum will Doktor Engel nicht, daß du diese Reise machst? Ist es wegen dem Kind?«
»Doktor Engel macht sich gern wichtig.«
»Wann kommt das Kind?«
»In zwei Monaten. Das ist eine lange Zeit, zwei Monate... Jetzt

machen wir uns erst einmal ein paar schöne Tage in Waldmünchen.«

Waldmünchen liegt am Ende der Welt. Einmal pro Tag fährt ein Zug dorthin.
Wir halten oft. Die Bahnhöfe werden immer kleiner, sind nur noch Stationshäuser auf freiem Feld. Das schmale Schienenpaar schlängelt sich durch Wiesen und endet schließlich an einem Prellbock. Waldmünchen.
Onkel Fritz bringt uns mit dem Auto in den Ort. Das Hotel, in dem wir absteigen, steht am Marktplatz. Blühende Lindenbäume, ein plätschernder Brunnen, ein paar Jahrmarktsbuden, ein Karussell. Onkel Fritz holt mir Zuckerwatte.
Zu Hause würde meine Mutter gegen die Zuckerwatte vor dem Essen protestieren, aber wir sind nicht zu Hause. Wir sind auf Reisen, und auf Reisen ist alles anders. Auf Reisen malt sie sich die Lippen an, raucht, wann immer sie Lust hat, und bestellt sich nach dem Essen zum Mokka ein Glas Kirsch.
Es ist Krieg, aber nicht in Waldmünchen. Vom Fenster des Hotelzimmers sehen wir die Sirene auf dem Rathausdach, aber sie heult nie. Am Himmel ziehen Flugzeuge, aber es sind eigene.
Wir bleiben am Abend lange auf und am Morgen lange im Bett. Wir lassen das Frühstück aufs Zimmer kommen und lesen alles, was in der Zeitung steht, auch den Fortsetzungsroman.
Tante Elisabeth näht aus rot-weiß getupftem Stoff einen Badeanzug für mich, und wir gehen ins überdachte Freibad. Ich kann nicht schwimmen, aber ich finde einen Lehrer. Er ist zwölf Jahre alt und heißt Max Scheubeck. Er befestigt an meinen Armen und um die Taille Korkreifen, und so lerne ich es schnell.
Meine Mutter döst in einem Liegestuhl und läßt mich gewähren. Kein Verbot, keine Warnung. Während wir eine Pause machen, stelle ich ihr meinen neuen Freund vor, und sie gibt uns Geld, damit wir Eis holen.
Am Abend gehen wir ins Kino. Ein Film mit Theo Lingen. Auf dem Plakat steht fett gedruckt: AB ZEHN JAHRE. In Regensburg bedeutet das ein Verbot, in Waldmünchen kümmert sich meine Mutter nicht darum.
Sie ist eine andere. Sie ist nicht Mutter, nicht Erzieherin. Sie ist

»auf Reisen«. Wir leben »wie Gott in Frankreich«. Die Tage sind sommerlich heiß, die Nächte lau.
Ich erinnere mich an Wiesen, die gelb sind von Dotterblumen, und an die Bienenstöcke im Garten der Familie Scheubeck.
Ich erinnere mich an eine mondhelle Nacht und an eine hohe Gartenmauer, über die Max Scheubeck klettert, um weißen Flieder zu stehlen.
Ich erinnere mich, daß ich an einer Tür stehe und ein Gespräch meiner Mutter und meiner Tante belausche.
Meist ist es meine Tante, die redet. Sie will, daß meine Mutter mit mir in Waldmünchen bleibt. Sie bittet, sie drängt. Es fällt der Name eines Arztes, sie spricht vom Kreiskrankenhaus.
»In Regensburg bist du verloren. Doktor Engel ist nicht der richtige Mann. Bis er etwas unternimmt, ist es zu spät, und du bist verblutet...«
Die Stimmen sind leise, und vieles verstehe ich nicht, aber dieses Wort kehrt immer wieder: verbluten.
»Du wirst verbluten, wie schon viele Frauen verblutet sind. Bleib hier, ich bitte dich!«
»Es geht nicht.«
»Du weißt, daß dein Leben auf dem Spiel steht.«
Eine lange Pause, und dann die leise Stimme meiner Mutter:
»Ich muß zurück nach Regensburg... Jetzt haben wir Mai, es dauert noch zwei Monate.«
»Und wenn das Kind früher kommt? Hier bist du sofort im Krankenhaus. Hier wird sofort alles für dich getan... In Regensburg hast du niemanden, und in den Krankenhäusern sind alle Betten mit Soldaten belegt.«
»Ich kann nicht bleiben.«
»Versprich mir, daß du sofort hier anrufst... beim ersten Anzeichen, damit Fritz gleich losfährt und dich holt.«
Stille. Ein Zündholz wird angerissen, ein Stuhl gerückt, Schritte kommen näher, und ich laufe davon.
Zwei Tage später reisen wir ab. In Cham, wo wir wieder umsteigen müssen, bleibt unser Zug außerhalb des Bahnhofs stehen. Ein Tieffliegerangriff hat das Stellwerk zerstört.
Es ist bereits dunkel, als wir in Regensburg ankommen. In der Nacht wird Alarm gegeben.

Wir gehen nicht in den Keller – die Decke dort ist immer noch nicht abgestützt –, sondern verlassen das Haus. Auf dem Weg zu dem Bunker in der Lieblstraße höre ich, wie mein Vater zu meiner Mutter sagt: »Am liebsten würde ich dich nach Waldmünchen zurückschicken.«
Ihre Antwort:
»Zuerst müssen die Kinder in Sicherheit sein.«
Anfang Juli setzt sie Karl und mich in den Zug und schickt uns nach Weiden zu den Großeltern. Sie bleibt in Regensburg und wartet auf ihre Stunde.
Am 11. Juli ist es soweit. Nachts setzen die Wehen ein, am Morgen ist Onkel Fritz mit dem Auto aus Waldmünchen da und holt sie ab. Der Wagen ist ein Holzvergaser, die Straßen sind schlecht. Es wird Mittag, bis sie Waldmünchen erreichen. Eine halbe Stunde später ist das Kind auf der Welt.
»Eine mühelose Geburt«, sagt sie später. Von den Bluttransfusionen, die man ihr geben mußte, schweigt sie.
Viele Bluttransfusionen sind notwendig, um sie am Leben zu erhalten. Ihr Körper ist wie ein Brunnen, der alles wieder hergibt. Eigentlich müßte man operieren, aber das will sie nicht. Sie, die sich immer gewünscht hat, ein Mann zu sein – jetzt will sie eine Frau bleiben »mit allem, was dazu gehört«.
Der Sohn, den sie geboren hat, ist achtundfünfzig Zentimeter groß und braucht vom ersten Tag an Nahrung für zwei.
Als ich meinen neuen Bruder das erste Mal sehe, ist er schon drei Monate alt. Er liegt in einem Waschkorb. Sie hat nichts im voraus angeschafft, keine Wäsche, keinen Kinderwagen.
»Aberglaube«, sagt sie mit dem seltsamen Lächeln eines Menschen, der sicher ist, daß niemand ihn versteht.

Die Stoikerin

Sie ist neununddreißig Jahre alt, Mutter von drei Kindern und ohne Mann.
Im Spätsommer 1944 wird mein Vater eingezogen. Es ist ein

Schock für sie. Sie kann es nicht glauben, und sie will es nicht glauben. »Das muß ein Irrtum sein.« Sie bestürmt ihn, etwas dagegen zu unternehmen. Sie sprechen von nichts anderem mehr, und jedes Gespräch endet mit ihrem Aufbegehren:
»Ich lasse dich nicht gehen!«
Ich lasse dich nicht gehen!
Immer wieder höre ich sie diese Worte sagen.
Ich sehe niemals, daß meine Eltern sich küssen. An meinem Vater liegt das bestimmt nicht. Wenn er sie mit ihren schnellen Schritten kommen hört, versperrt er ihr gerne den Weg. »Tribut!« befiehlt er und hält ihr den Mund hin. Sie entrichtet den »Tribut« hastig im Weitergehen, nicht auf den Mund, sondern auf die Wange oder in die Luft, und läuft davon, ängstlich, ihre Kinder könnten Zeugen geworden sein. Sie ist ihrem Mann gegenüber förmlich. Sie hat keine Kosenamen für ihn. »Clemens«, sagt sie, und es klingt freundlich oder distanziert oder gereizt oder ironisch oder geringschätzig – aber nicht zärtlich.
Jetzt sagt sie:
»Ich lasse dich nicht gehen!«
Sie sagt es noch, als schon die graugrüne Uniform bereitliegt und er seinen Tornister packt. Am anderen Morgen beim Abschied ist sie still. Sie weint nicht.
»Du hältst deinen Kopf für eine verlorene Sache hin.«
Die ersten Worte gegen den Krieg, die ich von ihr höre, das erste Zeichen, daß sich etwas verändern wird. Es geht nicht allmählich, sondern von einer Stunde zur anderen. Am Morgen hat mein Vater mit dem Wehrmachtstransport Regensburg in Richtung Westfront verlassen, am Mittag, als wir aus der Schule kommen, hat sie bereits die Koffer vom Speicher geholt.
»Wir werden nicht in diesem Haus bleiben.«
»Wir werden nicht in Regensburg bleiben.«
»Ich werde nicht zulassen, daß man auch Karl rekrutiert.«
Er ist Hitlerjunge, die sechzehnjährigen Hitlerjungen macht man bereits zu Soldaten. Bald würde er an der Reihe sein.
Die Streiterin in ihr ist erwacht.
Sie wird auch nicht zusehen, wie ihr Jüngster sich im kalten, feuchten Luftschutzbunker den Tod holt.

Wir werden nicht in Regensburg bleiben, das steht fest.
Aber wohin?
Das Haus ihrer Eltern in Weiden wäre ideal. Genug Platz, genug zu essen. Schulen für Karl, für mich.
Und doch zögert sie.
Seit Jahren war sie nicht mehr im Haus der Eltern. Als sie aus der Kirche ausgetreten ist, hat die Mutter ihr das Haus verboten. Eine Sache, über die bei uns nicht gesprochen wird. Auch jetzt nicht. Sie muß sich demütigen, wenn das Haus in Weiden sich für uns öffnen soll. Für sich selber würde sie es nicht tun. Sie tut es für uns.

Das Haus der Großeltern in Weiden ist eine Villa auf freiem Feld. Im Norden und Westen dehnen sich Äcker; im Osten, an der Naab, liegen ein Bauernhof, der Dostler-Hof, und ein Sägewerk; im Süden, verdeckt durch hohe Bäume, stehen die Bauscher-Häuser, wie man sie nennt: langgestreckte zweistöckige Gebäude, in denen Betriebsangehörige der Porzellanfabrik Bauscher wohnen.
In einer Herbstnacht stehen wir vor der Tür. Wir sind seit dem Morgen unterwegs. In Schwandorf wurde unser Zug für einen Militärtransport gebraucht, und wir mußten aussteigen. Bis der Ersatzzug kam, vergingen Stunden.
Wir sind durchfroren und hungrig. Unsere Koffer liegen auf dem Kinderwagen, einem weißen klobigen Vehikel. Was nicht in den Koffern Platz hatte, tragen wir am Leib; meine Mutter Kleid, Kostüm, Staubmantel und Wintermantel; auch Karl und ich haben sieben Schalen wie die Zwiebel.
Trotzdem frieren wir. Es ist der Hunger.
Wir klingeln ein zweites Mal. Endlich geht im Haus ein Licht an. Die Haustür öffnet sich zögernd. Es ist so spät, daß man nicht mehr mit uns gerechnet hat.
Das Dienstmädchen hat nur schnell einen Mantel über das Nachthemd geworfen; sie ist barfuß. Dann tritt mein Großvater unter die Tür. Das kragenlose Hemd steht am Hals offen. Er breitet die Arme aus, läuft die Eingangstreppe herunter, auf uns zu. Zuerst umarmt er seine Tochter, dann uns. Er ist warm wie ein Ofen. Er duftet nach Zimt und Rotwein. Sein weißes Hemd

kracht in den Nähten, während er den Kinderwagen aufhebt. Er duldet keine Hilfe. Ganz allein will er den neuen Enkel ins Haus tragen.
Das Dienstmädchen nimmt die Koffer. Wenn wir Kinder in den Sommerferien nach Weiden kommen, trägt sie unsere Koffer sofort nach oben. Jetzt tut sie das nicht, sondern stellt sie neben der Garderobe ab. Es ist dämmrig in der Eingangshalle. In der Nische mit der kleinen Muttergottesstatue brennt das Ewige Licht.
Hinter der Schwingtür wird es hell. Eine Nonne in weißem Ordenskleid. Sie hält einen Flügel der Tür auf, und dann sehe ich meine Großmutter. Sie kommt schweigend auf uns zu. Der dunkelrote Schlafrock schleift am Boden. Die hellen Augen gehen von einem zum andern. Sie taucht die Hand in das Weihwasserbecken an der Wand, winkt mich zu sich. Sie macht das Kreuzzeichen auf meiner Stirn, meinem Mund, meiner Brust. Sie tut dasselbe bei Karl. Dann tritt sie an den Kinderwagen, in dem der Enkel liegt, den sie noch nicht kennt. Ein kurzer Blick auf das Kind, ein langer Blick auf meine Mutter.
»Ist er getauft?«
»Nein.«
Die beiden Frauen messen sich.
»Ich möchte, daß du ihn taufen läßt.«
Meine Mutter tritt an den Kinderwagen. Ihre Hände umfassen den Griff. Einen Moment fürchte ich, sie wird das Haus verlassen. Sie beugt sich über den Wagen und nimmt ihren Sohn auf den Arm. Meine Großmutter taucht die Hand in das Weihwasserbecken, um das Kind zu segnen. Meine Mutter senkt den Blick und läßt sie gewähren.

Das Haus ist voller Menschen, die wir nie zuvor gesehen haben. Vier Frauen und zwei Kinder, die in Aachen ausgebombt wurden. Außerdem Gini aus München mit ihrem Sohn Peter.
Und jetzt wir. Für uns sind nur noch zwei ungemütliche Zimmer übrig. Meine Mutter beklagt sich nicht. Sie bittet nur um einen Platz, wo Karl und ich Schularbeiten machen können. Vom ersten Tag an gehen wir zur Schule; Karl ins Gymnasium, ich in die Volksschule.

Sie läßt nicht zu, daß wir durch den Krieg »zu Faulenzern werden«.
In der Küche steht ein großer Tisch, aber dort wird für sechzehn Leute gekocht, und wir haben keine Ruhe. Im Nähzimmer steht auch ein großer Tisch, aber dort haben die zwei Ordensschwestern ihr Quartier aufgeschlagen, die meine kranke Großmutter pflegen. Auf Gestellen trocknet der Verbandsmull, in einem Chromkasten werden Instrumente sterilisiert. Zuerst machen sie für Karl eine Ecke vom Tisch frei, dann noch ein Stück für mich. Nach einer Woche ziehen sie in den roten Salon um, so sind sie unmittelbar bei meiner Großmutter, deren Krankenbett im Speisezimmer steht. Es ist der größte Raum im ganzen Haus. Immer sind die Fenster offen, trotzdem riecht es nach Desinfektionsmitteln. Meine Großmutter hat eine große Kanüle im Rükken: eine schmerzhafte eitrige Rippenfellentzündung, die nicht heilen will.
An guten Tagen steht meine Großmutter auf und kommt zu uns ins Nähzimmer. Sie steigt die zwei Stufen zum Erker hinauf, setzt sich in den Korbstuhl, schaut in den Garten hinaus und bittet mich:
»Sing mir was vor!«
»Es war ein wilder Wassermann in der Burg wohl über dem See...«
In der zweiten Strophe fällt meine Großmutter mit ihrer schönen Altstimme ein.
»Wenn ich wieder gesund bin, gehen wir zusammen in die Kirche, ja?«
»Ja.«
»Kannst du noch ›Meerstern, ich dich grüße‹?«
Ich habe keines der Lieder vergessen, die ich von ihr gelernt habe.
Einmal kommt eine der Schwestern dazu, und wir singen im Kanon. »Zu viert wäre es noch schöner«, sage ich.
Meine Großmutter nickt.
»Hol deine Mutter!«
Sie hat keine Zeit, wie sie sagt, aber meine Großmutter schickt mich ein zweites Mal, und diesmal kommt sie mit mir.
Sie bleibt an der Tür stehen. Sie trägt eine altmodische weiße

Schürze. Der weite Rock ist mit einem Volant besetzt und reicht fast zum Boden; die Träger sind auf dem Rücken kreuzweise gebunden. Ich sehe sie kaum noch anders. Sogar am Abend, wenn wir Karten spielen, hat sie noch die Schürze an. Nachdem wir einen Kanon gesungen haben, will sie wieder gehen, aber meine Großmutter sagt: »Du bleibst. Die Schwester macht uns jetzt einen Stärkungstrank aus Rotwein und Honig und geschlagenem Ei.«
»Ich habe zu tun.«
»Du brauchst nicht die Magd für die andern zu machen.«
»Einer muß nach dem Rechten sehen.«

Meine Mutter ist von früh bis spät auf den Beinen: im Garten, in der Küche. Jeden Tag macht sie den Weg hinüber zum Dostler-Hof und bettelt bei der Bäuerin um Butter, um Brot, um Fleisch, um Speck. Nicht für sich – für alle. Sie will keine Privilegien für sich oder ihre Kinder. Sie denkt immer an die anderen, sie teilt alles mit den anderen, selbst das Kostbarste, ohne das sie nicht leben kann, wie sie immer wieder sagt – den Kaffee.
Mit zwanzig Jahren ging sie auf die Universität, um eine Streiterin für das Recht zu werden, mit vierzig besteht ihr Leben aus Kampf, daß im Haus Friede herrscht.
Sie führt diesen Kampf leise, unauffällig. Sie ist am Morgen die erste und am Abend die letzte. Sie bewacht das Haus und sie wacht über die Menschen, die darin leben. Sie sieht alles, sie hört alles. Sie duldet keine Übergriffe, keine Diebereien in der Speisekammer, keine Betrügereien bei der Verteilung der Nahrungsmittel. Es fällt kein lautes Wort, es kommt nicht zum Streit. In ihrer leisen entschiedenen Art erstreitet sie Frieden im Haus.
Ruhe gönnt sie sich nur, wenn ihr Körper sie dazu zwingt, und das ist einmal im Monat. Sie versucht es vor mir zu verbergen, aber es kommt der Tag, da kann sie nicht mit eigener Kraft das Bett verlassen und braucht meine Hilfe. Ich sehe das Tuch aus Gummi, auf dem sie liegt. Ich sehe den Eimer mit den blutigen Binden.
Der Anblick erschreckt mich so, daß ich nur eines denken kann: Sie wird sterben. Ich muß einen Arzt holen, sonst verblutet sie.

Sie will keinen Arzt, sie will kein Essen, nur etwas heiße Bouillon. »Und schlafen...«
Ich verstehe sie nicht und beginne zu weinen.
»Du wirst sterben!«
Sie sitzt am Bettrand und legt den Arm um mich.
»Nein.«
Es ist das leise, traurige Nein, mit dem sie mir sonst Wünsche abschlägt, die sie mir gerne erfüllen würde. Dieses Nein beruhigt mich nicht, sondern ängstigt mich noch mehr.
»Du darfst nicht sterben!«
Sie zieht mich fester an sich.
»Du hast recht, ich darf nicht sterben. Es ist gut, daß du mich daran erinnerst. Ich werde noch gebraucht.«
Ich fühle: Sie hat keine Angst vor dem Tod.
Ich fühle: Sie hat Sehnsucht nach dem Tod.
Ich fühle: Die Menschen sind es, vor denen sie Angst hat.
Ich fühle: Das Leben ist ihr eine Last.
Nachts will ich bei ihr bleiben, aber sie schickt mich zu Bett.
»Du mußt in der Schule frisch sein.«
Ein paar Tage später ist sie wieder auf den Beinen und trägt wieder die weiße altmodische Schürze, frisch gewaschen und gestärkt.
Mit zwanzig hat sie das Elternhaus verlassen, mit vierzig ist sie zurückgekehrt. Als sie ging, war sie voller Hoffnungen. Und jetzt?
Sie hofft auf das Ende des Krieges. Sie hofft, daß ihr Mann zurückkehrt. Vom Ende des Krieges spricht sie oft, von ihrem Mann spricht sie selten.
Sie wartet auf die Post, aber sie schickt andere zur Haustür, wenn der Postbote läutet. Sie fragt nicht, ob etwas für sie dabei ist, sie wartet, bis man ihr etwas gibt. Und dann:
»Für mich?«
Sie dreht den Brief mißtrauisch in den Händen, sucht den Absender. Dabei ist die Schrift meines Vaters unverwechselbar. Ich habe sie sofort erkannt.
»Von Vater!«
Sie will den Brief ungeöffnet weglegen. »Ich habe jetzt keine Zeit.«

»Dann lese ich ihn. Darf ich?« Schon habe ich das Kuvert aufgerissen.
»Gib her!« zischt sie. »Gib sofort her!«
Sie setzt sich an den Tisch.
»Schau mir nicht über die Schulter, das kann ich nicht haben. Setz dich dorthin!«
»Du liest vor?«
»Ich muß erst sehen.«
»Geht es ihm gut?«
»Ja, zumindest schreibt er es... Bis so ein Brief hier ankommt, kann viel geschehen sein.«
Sie faltet das Blatt zusammen, will es ins Kuvert zurückstekken.
»Bitte, gib jetzt mir den Brief!«
»Nein.«
»Schreiben wir ihm?«
»Vielleicht.«
»Jetzt gleich, bitte! Ich möchte auch etwas dazuschreiben.«
»Ein andermal.«
Sie steht auf. Was sie dann sagt, würde keine andere Frau sagen, nicht wenn es um den Mann geht, den sie liebt. Und meine Mutter liebt ihren Mann. Sie liebt ihn mehr als sich selbst, und doch sagt sie:
»Eine Frau antwortet einem Mann nicht so schnell auf einen Brief.«
»Aber...«
»Merke dir das fürs ganze Leben! Wenn du von einem Mann einen Brief bekommst, darfst du nicht sofort zurückschreiben. Du mußt eine Woche vergehen lassen. Eine Woche ist das mindeste.«
»Aber er würde sich doch freuen.«
»Wer weiß, ob der Brief ihn überhaupt erreicht. Es gehen kaum noch Züge.«
»*Sein* Brief ist auch angekommen.«
»Zufall.«
Wartet sie wirklich eine Woche, bis sie sich hinsetzt und ihm schreibt? Weil eine Frau den Brief eines Mannes erst nach einer Woche beantworten darf?

Habe ich es damals schon so deutlich gesehen oder erst später? Sicher erst später, und auch dann habe ich mich dagegen gewehrt, und ich wehre mich auch jetzt, während ich dies schreibe – aber so ist meine Mutter:
Sie behandelt den Mann, den sie liebt, wie einen Fremden. Warum? Ich habe darauf keine Antwort gefunden, keine, die ich verstehen kann.
Immer ist ihr Benehmen so, »daß die ganze Welt zuschauen könnte«. Warum? Auch darauf habe ich keine Antwort finden können.
Sie schließt ihn aus. Wenn sie alle anderen ausschließen würde, wenn sie für niemanden sonst Liebe hätte, nicht einmal für uns Kinder, sondern nur für ihn – das könnte ich verstehen. Das andere verstehe ich nicht.
Immer liegt sie mit ihrem Herzen im Streit. Immer kämpft sie dagegen an, daß sie ihn liebt. Fortwährend nimmt sie Rache an ihm und an sich selbst, und sie tut es auf ihre stille, unauffällige Art, aber sie nimmt Rache.
Sie kann ihn nicht unglücklich machen – wer oder was könnte meinen Vater unglücklich machen! –, aber sie macht sich unglücklich.
Sie ist die unglückliche Frau eines glücklichen Mannes.

Nicht einmal, als er aus dem Krieg heimkommt, kann sie ihre Hemmungen überwinden. Auch in diesem Augenblick benimmt sie sich so, daß die ganze Welt zuschauen könnte.
Ich bin die erste, die ihn sieht. Er steht draußen im Garten vor dem Erkerfenster des Nähzimmers und klopft mit einem Knotenstock an die Scheibe.
Der Lodenumhang, unter dem sich der Rucksack abzeichnet, die genagelten Stiefel, der Knotenstock in seiner Hand – er sieht nicht aus wie ein Soldat; ein Bergsteiger vielleicht oder der Anführer einer Schmugglerbande.
Er legt den Finger auf die Lippen. Ich soll ihn heimlich hereinlassen. Dabei strahlen seine Augen. Ein Schmuggler also, ein fröhlicher Schmuggler!
Er kommt kaum durch die Tür, so groß ist der Rucksack; er nimmt fast den Eukalyptusbaum mit und Papst Pius X., der ge-

rahmt an der Wand hängt. Ich fange den stürzenden Eukalyptusbaum auf und den Papst. Hoffentlich kommt niemand aus der Küche. Dort sind sie damit beschäftigt, für sechzehn Personen – nein, jetzt sind es siebzehn – Mittagessen zu kochen. Mein Vater vollbringt das Kunststück, in genagelten Stiefeln auf Zehenspitzen zu gehen. Niemand sieht uns, niemand hört uns.

Aber meine Mutter muß gar nicht sehen und hören, sie hat ihren Instinkt, und kaum habe ich die Tür hinter meinem Vater zugezogen, steht sie da.

Ein halber Schritt, Arme, die sich ausbreiten wollen – was daraus wird, ist ein erstauntes, mißtrauisches »Du bist es...«, wie sie es auch sagt, wenn ich einmal früher aus der Schule heimkomme.

Er stellt den Knotenstock weg, geht auf sie zu.

»Ja, ich bin es.«

Er nimmt sie in die Arme, hebt sie in die Höhe. Sie wehrt sich.

»Laß mich los!«

Er läßt sie nicht los, dreht sich mit ihr im Kreis. Ein Stuhl fällt um. Ich flüchte in den Erker. Helmut in seinem Laufstall kräht vor Vergnügen.

»Du tust mir weh...«

Er setzt sie ab und hebt seinen Sohn aus dem Laufstall. »Jetzt bist du dran... Kennst du mich noch?« Helmut kreischt, mein Vater sprudelt über von Kosenamen, alten, vertrauten und ganz neuen, die er in diesem Augenblick erfindet.

»Vorsicht...«

Meine Mutter nimmt ihm das Kind ab, umschlingt es mit beiden Armen. Es liegt eine solche Leidenschaft in der Geste, daß ich aufmerksam werde: Wann ist sie so mit meinem Vater? Wenn sie allein ist mit ihm? Nachts, im Bett? Oder wehrt sie sich dann wie jetzt und findet, daß er sie zu grob anfaßt.

Ich bin zehn Jahre alt. Verschanzt hinter dem unfertigen Gesicht eines Kindes, beobachte ich, denke ich Dinge, die ich nicht denken sollte, weiß ich Dinge, die ich nicht wissen sollte.

Mein Vater hat den Lodenumhang abgeworfen, den Rucksack auf einen Stuhl gestellt und winkt mir.

»Komm her, mach auf! Jetzt wird ausgepackt.«

Der Rucksack ist unerschöpflich. Wir brauchen den ganzen Tisch: Salami, Speck, große Käsestücke, Honigkuchen, schwarzer Tee, Zigaretten, Schnaps, Kandiszucker, Kakao, Ölsardinen. Zuletzt kommen zwei Säckchen Bohnenkaffee zutage.
»Da!«
Er gibt sie meiner Mutter in die Hände.
»Aber nicht verschenken. Das ist nur für dich.«
»Danke.«
»Freust du dich nicht?«
»Doch.«
Sie blickt sich im Raum um.
»Wo ist dein anderes Gepäck?«
»Der Rucksack war schwer genug. Manchmal war ich nahe dran, ihn irgendwo stehenzulassen. Ich bin nicht erster Klasse hergefahren. Ich bin seit fünf Tagen unterwegs.«
Sie stellt die beiden Säckchen mit dem Bohnenkaffee auf den Tisch zu den anderen Sachen.
»Und wo ist deine Uniform?«
»Ich brauche keine Uniform mehr. Unsere Einheit wurde aufgelöst. Für mich ist der Krieg vorbei.«
»Wer hat eure Einheit aufgelöst?«
»Was heißt das?«
»Ich kann mir nicht vorstellen, daß jetzt, wo selbst Kinder und alte Männer an die Front müssen, eine Einheit aufgelöst wird.«
»Wir haben uns selber aufgelöst.« Er lacht, aber sein Lachen ist nicht fröhlich wie vorher, sondern gereizt.
»Und was soll ich hier im Haus sagen?«
»Hätten wir warten sollen, bis die Amerikaner uns gefangennehmen? Wirklich, ich habe mir den Empfang anders vorgestellt.«
»Entschuldige, aber gleich wird mein Vater aus der Fabrik nach Hause kommen. Ich muß ihm sagen, daß du da bist, und er wird mir diese Fragen stellen.«
»Dein Vater! Ich bin deinem Vater nicht Rechenschaft schuldig.«
»Wir sind in seinem Haus.«
»Ich kann auch wieder gehen. Du mußt es mir nur sagen, wenn hier kein Platz für mich ist.«

Sie legt die Hand auf seinen Arm.
»Bitte versteh mich nicht falsch. Es muß dich nur einer denunzieren...«
»Ach was, der Krieg ist so gut wie aus. Noch ein paar Tage, und die Amerikaner sind da.«
»Das heißt es schon seit Wochen.«
»Glaub mir, in ein paar Tagen sind die Amerikaner da.«

Die Amerikaner kommen an einem strahlenden Tag. Zuerst die Tiefflieger; sie kreisen so niedrig, daß man die Piloten in der Kanzel sieht. Dann die Panzer; langsam rollen sie durch das halbhohe Weizenfeld vor unserem Garten, nehmen fast den Zaun mit, überqueren die Straße und verschwinden in den Naabwiesen. Zuletzt die Jeeps und die Motorräder.
Auf dem Weizenfeld neben unserem Garten schlagen die Amerikaner ihr Camp auf.
Wir sehen nicht viel davon, denn wir sind im Haus eingesperrt. Alle sind im Haus eingesperrt. Meine Mutter will es so.
Sie hat die weiße Schürze abgelegt und ein lavendelblaues Musselinkleid mit einem breiten Spitzenkragen angezogen.
Sie trägt alle englischen Lehrbücher zusammen, die sie im Haus finden kann, und bestimmt Karl zu unserem Lehrer.
»Zuerst die wichtigsten Redewendungen, damit wir uns im Notfall verständigen können... Der Krieg ist noch nicht zu Ende.«

Er fährt nicht mit dem Jeep vor. Er geht barfuß, und die englischen Redewendungen, die meine Mutter inzwischen gelernt hat, versteht er nicht. Michel ist der russische Kriegsgefangene, der auf dem Dostler-Hof arbeitet. Er ist ein kleiner blonder Mann mit einem Tatarengesicht und den Kräften eines Riesen. Wenn auf dem Dostler-Hof ein Stier auskommt – und das geschieht oft –, ist es Michel, der den Stier wieder einfängt. Er braucht keine Hilfe dazu, nicht einmal einen Strick, um ihn dem Tier um den Hals zu werfen. Michel geht auf den Stier zu, langsam, Schritt für Schritt, und redet dabei leise vor sich hin. Es muß Hypnose sein, denn der Stier duldet es, daß Michel ihn am Nasenring nimmt. Und wenn Michel einmal den Nasenring des

Stiers hat, ist er der Stärkere. Der Stier senkt den Kopf und trottet neben ihm her.
Michel ist ein stiller, friedlicher Mann, nur wenn er sich betrinkt, weiß er nicht mehr, was er tut. Er schlägt seine Freunde zusammen, fällt über ihre Frauen her. Einmal, im Winter, haben sie ihn in die eiskalte Naab geworfen, weil sie sich nicht mehr anders zu helfen wußten.
Nüchtern ist er sanft, betrunken ist er ein wildes Tier.
Jetzt ist er betrunken.
Die Frauen verlassen die Küche, eine nach der andern. Nur meine Mutter bleibt.
Sie steht am Herd, Michel kommt langsam auf sie zu, Schritt für Schritt.
Warum rennt meine Mutter nicht weg? Warum bleibt sie? Gleich wird etwas Schreckliches geschehen. Michel wird sie umbringen. Michel wird uns alle umbringen...
Jetzt steht er vor ihr.
Meine Mutter trägt die weiße altmodische Schürze, er trägt ein weißes offenes Hemd. Er ist nicht größer als sie. Ihre Augen sind auf gleicher Höhe.
»Komm, Michel, setz dich.«
Sie nimmt seine Hand und führt ihn zum Tisch. Und dann holt sie eine Flasche Zwetschgenwasser und zwei Gläser. Sie gießt die Gläser voll und setzt sich zu ihm. Er nimmt die Flasche in die eine Hand und das Glas in die andere. Wenn das Glas leer ist, schenkt er sich nach.
Mutter beginnt mit ihm zu reden. Sie fragt ihn nach seinem Zuhause. Er ist einsilbig, und er bleibt einsilbig. Er füllt Glas um Glas. Als die Flasche leer ist, steht er auf und geht friedlich davon.
Alle im Haus haben Angst, daß er wiederkommen wird, aber nachts bricht in der Baracke der Kriegsgefangenen ein Feuer aus, und Michel verbrennt mit dem Strohsack, auf dem er seinen Rausch ausschläft.

Jeden Mittag kommt ein Amerikaner in unseren Garten. Er ist sehr jung und sieht aus wie ein Schüler, den man in eine Uniform gesteckt hat. Er geht zum Karottenbeet, zieht sich zwei,

drei Wurzeln aus der Erde, wäscht sie sorgfältig am Wassertrog und legt sich dann unter einen Apfelbaum. Es sind viele Apfelbäume da, aber er wählt immer den großen in der Mitte, unter dem es ganz schattig ist. Dort legt er sich ins Gras und ißt seine Karotten.
Bevor er geht, winkt er uns Kinder zu sich und gibt uns Schokolade oder Kaugummi. Einmal faßt mein Bruder sich ein Herz und bittet ihn um Kaffee. Der Soldat bringt am nächsten Tag eine Dose Nescafé – die erste Dose Nescafé, die ich sehe. Mein Bruder läuft damit glücklich zu meiner Mutter. Sie nimmt die Dose in die Hand.
»Kaffee! Amerikanischer Kaffee.«
Sie ist sofort mißtrauisch. »Du hast gestohlen?«
»Nein, er hat ihn mir geschenkt.«
»Wer?«
»Der Soldat, der jeden Mittag in den Garten kommt.«
»Du hast ihn angebettelt!«
»Nein.« Er hält ihr die Dose hin. »Kaffee. Ich kann mehr haben, wenn ich will.«
Kaffee! »Ohne Kaffee kann ich nicht existieren!« Wie oft haben wir das von ihr gehört. Jetzt nimmt sie die Dose in die Hand, betrachtet sie abschätzig.
»Pulverkaffee!«
»Er ist wie richtiger. Versuche ihn doch!« Karl will die Dose aufmachen, aber sie hindert ihn daran.
»Du gibst dem Amerikaner die Dose zurück,wenn er morgen in den Garten kommt. Und du wirst ihn nicht mehr anbetteln. Es sind unsere Feinde.«
»Aber der Krieg ist aus!«
»Der Krieg ist nicht aus.«
Wir verstehen sie nicht. Während der letzten Monate hat sie anders geredet: »Wenn nur die Amerikaner endlich kommen würden... Wenn die Amerikaner da sind, gibt es wieder Kaffee und Schokolade und überhaupt alles...«
Die Amerikaner sind da. Es gibt Schokolade, es gibt Kaffee – geschenkte Schokolade, geschenkten Kaffee –, –, und sie will, daß wir es zurückgeben. Wir verstehen sie nicht.
Nachts – wir haben den Wecker auf halb drei Uhr gestellt –

schleichen wir in die Küche. Der Herd ist kalt, aber es gibt einen kleinen Spirituskocher. Während wir warten, bis das Wasser heiß wird, liest mein Bruder mir den englischen Text auf der Packung vor. Ich spreche ihm die englischen Worte leise nach, und er korrigiert mich, wenn meine Aussprache nicht stimmt.
»*Sixty cups* – das i hell, das y etwas abgedunkelt. Es ist nicht schwer. Wir üben von jetzt an jeden Tag, ja?«
Das Wasser kocht. Karl öffnet die Dose. Ein Löffel. Wir sehen zu, wie der Nescafé sich auflöst, wie sich etwas Schaum bildet.
»Zucker?«
Zucker? Nein. Milch? Nein. Ein andermal. Wir werden wieder den Wecker stellen und in die Küche schleichen.
»Ob der Amerikaner auch grüne Kaffeebohnen hat?«
»Vielleicht, aber wenn sie den Pulverkaffee nicht nimmt, dann nimmt sie auch keine grünen Kaffeebohnen.«
»Ich weiß, wo sie ihren Vorrat hat. Wir könnten immer eine Handvoll hineintun, dann reicht er länger.«
»Wenn sie dahinterkommt, ist sie wütend.«
»Wir machen es so, daß sie nicht dahinterkommt.«
»Verstehst du sie?«
»Nein.«

Sie hat die weiße Küchenschürze an und knetet in einer Schüssel Hefeteig. Die Türen und die Fenster sind geschlossen. Der Hefeteig darf keinen Zug bekommen. Sie schickt mich an die Tür, als es klingelt. Vier Amerikaner stehen dort, zwei mit Karabinern. Das Haus ist bis unters Dach voll mit Menschen, alle haben die Türglocke gehört, aber niemand läßt sich sehen. Ich laufe in die Küche, ein Amerikaner folgt mir, den Karabiner im Anschlag. Breitbeinig bezieht er unter der Küchentür Posten. Meine Mutter blickt auf. Erschrickt sie? Der Mund wird streng und ihre Haltung kerzengerade, das ist alles.
Die Streiterin ist bereit.
»Tür zu!« Sie sagt es nicht anders, als stünde dort jemand von der Familie: eine bestimmte, aber freundliche Bitte zum Schutz des Hefeteigs.
»Hausdurchsuchung!« Fast ohne Akzent.
Meine Mutter nickt. Sie wirft ein weißes, vorgewärmtes Tuch

über die Teigschüssel. In der Schürze, die Arme bis zu den Ellbogen voll Mehl, folgt sie dem Amerikaner. Die anderen drei warten in der Halle. Sie wollen die Treppe hinauf, aber meine Mutter weist zu den zwei Türen, die von der Halle wegführen. Sie öffnet das Zimmer, in dem das Krankenlager der Großmutter ist, tritt bescheiden zur Seite, um den Weg frei zu machen. Ein Soldat mit Karabiner geht voran, die anderen folgen. Sie sind schon in der Mitte des Raums bei der großen Tafel, als einer das Krankenlager an der Wand neben der Tür entdeckt. Ich sehe, wie er seinen Nebenmann am Arm packt.

»Look!«

Die Köpfe der vier Männer drehen sich in eine Richtung. Es ist still im Raum, und in der Stille hört man den pfeifenden Atem der Kranken. Sie liegt auf einem schmalen, weißen Lager. Unter der dünnen Decke zeichnet sich der magere Körper ab. Schläft sie? Auf ihrem Gesicht liegt ein Birkenzweig. Ein paar Blättchen bewegen sich in ihrem Atem. Unter der weißen Decke kommt der durchsichtige Schlauch der Kanüle hervor, führt zu dem Glasgefäß am Boden. Die Männer weichen zur Tür zurück, verlassen den Raum. Meine Mutter schließt die Tür, will die nächste öffnen.

»No!«

Die vier Amerikaner eilen zur Haustür, laufen zu ihrem Jeep, fahren davon.

Ich stehe mit meiner Mutter unter der Haustür.

»Was wollten sie?«

»Sie suchen nach deutschen Soldaten.«

»Aber der Krieg ist doch aus.«

»Nein, der Krieg ist nicht aus...«

»Und warum haben sie bei uns nicht gesucht?«

»Sie haben Angst vor Krankheiten...«

Sie schließt die Haustür.

»Die werden nicht wiederkommen!«

Aber sie kommen wieder.

Noch am gleichen Tag.

Ein Jeep mit vier Soldaten. Nur einer steigt aus. Er will nicht ins Haus. Er läutet nicht einmal. Er klebt etwas an die Haustür und rennt zurück zum Jeep.

Als wir nachsehen, finden wir ein Schild an der Haustür. Zwei Buchstaben stehen darauf, zwei Buchstaben in fetten roten Lettern: TB. Darunter etwas Kleingedrucktes, Stempel, Unterschrift. Mein Bruder holt das englische Wörterbuch und übersetzt.
Meine Mutter hat recht. Sie werden nicht wiederkommen. Das Schild an der Tür verbietet amerikanischen Soldaten, das Haus zu betreten wegen akuter Ansteckungsgefahr mit Tuberkulose.
Die Amerikaner kommen ein drittes Mal. Es ist ein Sanitätswagen, und er bringt Medikamente für die Kranke und die Adresse der Stelle, an die wir uns wenden können, wenn wir weitere Medikamente brauchen. PENICILLIN steht auf einer großen Pakkung.
Nescafé und Penicillin. Zwei neue Worte für mich. Zwei Worte für den Frieden.
Nicht für meine Mutter. Für sie ist der Krieg nicht aus.

Die Puritanerin

Vor mir liegt das alte Ringbuch, das meine Mutter als Studentin benützte. Es ist solide Buchbinderarbeit, außen schwarz kaschiert, innen dunkelgrün, mit zwei festen Vorsatzblättern, die ebenfalls dunkelgrün kaschiert sind. Das Heft ist gut erhalten, der Mechanismus der vier Ringe zum Einheften der Blätter funktioniert mühelos und sicher; zwischen den zwei mittleren Ringen fast unsichtbar eingraviert: SOENNECKEN D.R.P.
Auf der Innenseite des Buchdeckels unten in der linken Ecke klebt ein kleines, rotes Etikett. In feiner Goldprägung steht darauf: PAPETERIE LAGIER FRÈRES, 6 RUE DE LA CONFEDERATION, GENEVE.
Ich rechne nach. Meine Mutter war 1926 in Genf, das Heft ist über ein halbes Jahrhundert alt.
1954, als ich in München zu studieren beginne, bitte ich sie um das Heft.

»Das alte Ding? Wie kommst du darauf?«
»Du hast es mir immer versprochen.«
»So... Ich weiß nicht einmal, wo es ist.«
Sie weiß es, und ich weiß es. Beim Umzug von Regensburg nach München vor einem Jahr habe ich ihr geholfen, die Schublade, in der sie ihre wenigen Habseligkeiten aufhebt, mit Packpapier auszulegen. Sie besitzt wenige persönliche Dinge; so wenige wie ein sehr junger Mensch, bei dem sich noch nichts angesammelt hat, oder wie ein sehr alter, der sich bereits von allem getrennt hat. Von dem alten Ringbuch trennt sie sich nicht leicht. Ein paarmal muß ich sie daran erinnern, es zu »suchen«, und als sie es »gefunden« hat, hofft sie, daß ich es mir anders überlegen könnte.
»Du willst wirklich das alte Ding?«
»Ja.«
Sie blättert in den leeren Seiten.
»Hoffentlich gibt es Papier mit der richtigen Lochung.«
»Bestimmt.«
»Für welche Vorlesung willst du es benützen?«
»Professor Kunisch.«
»So...« Sie nickt, aber sie glaubt mir nicht. Es ist die Zeit, in der sie mir kein Wort glaubt.
Ich arbeite in den Ferien in einem Büro, und ich arbeite während der Semester beim Studentenschnelldienst, um meine Studiengebühren selber zu bezahlen, trotzdem hat sie die fixe Vorstellung, das Studium diene mir nur als Vorwand, »um alle möglichen anderen Sachen zu machen«. Nach der Art, wie sie das sagt, denkt sie nicht an harmloses Faulenzen und Flirten, sondern an sexuelle Exzesse, an unaussprechliche Laster an unaussprechlichen Orten.
Sie verlangt den Stundenplan meiner Vorlesungen und kontrolliert, ob die Zeiten mit dem Vorlesungsverzeichnis übereinstimmen. Sie will die Nummern der Hörsäle wissen, in denen die einzelnen Vorlesungen stattfinden.
»Eine Vorlesung über Literatur im Auditorium Maximum? Das machst du mir nicht weis.«
Als sie an der Münchner Universität studierte, war das Auditorium Maximum fast ausschließlich den Juristen vorbehalten,

denn nur diese Fakultät hatte damals so viele Studenten. Daß man jetzt auch mit den Germanisten und Anglisten das Audi Max füllen kann, will sie nicht wahrhaben. Immer wieder kommt sie auf diesen Punkt zurück.
»Wenn so ein Andrang herrscht, wie du behauptest, hast du dann wenigstens jemanden, der dir einen Platz freihält?«
»Ich gehe auf die Empore, da ist es nicht so überfüllt.«
»Aber man hört nicht gut.«
»Wir haben Lautsprecher.«
»Als ich studierte, habe ich mich immer in die Nähe des Pults gesetzt. Da bleibt man konzentriert. Auf der Empore sind nur die Studenten, die herumsitzen und nach Mädchen Ausschau halten. Du mußt früher hingehen, dann bekommst du auch unten einen Platz, in der Nähe des Pults. Oder gehst du überhaupt nicht in Vorlesungen?«
Sie ist der Untersuchungsrichter, und ich bin der Verdächtige, der verhört wird.
»Dieser Herr Fischer, der gestern anrief, studiert er auch Germanistik?«
»Ja.«
»Siehst du ihn oft?«
»Nein.«
»Ja. Nein. Kannst du nicht richtig Antwort geben?«
»Du, ich kenne ihn kaum. Ich sehe ihn nur in der Vorlesung im Audi Max.«
»Das dachte ich mir. Womöglich hältst du ihm einen Platz frei.«
»Nein, das macht er.«
»Ich habe dir gesagt, da oben sitzen nur die Studenten, die den Mädchen nachrennen.«
»Er ist verheiratet.«
»So, er hat dir sein Leben erzählt! Die alte Methode. Und wovon lebt er? Oder läßt er sich von seiner Frau ernähren?«
»Ich weiß es wirklich nicht. Aber ich kann ihn fragen.«
»Mach dich nur lustig über mich.«
Jede Woche habe ich eine Vorlesung im Audi Max, und jede Woche findet vorher ein Verhör statt.
»Du siehst diesen Fischer heute wieder in der Vorlesung?«
»Vielleicht.«

»Ihr habt euch verabredet. Deswegen hat er angerufen, nicht wahr?«
»Er hat angerufen, weil er heute nicht kann.«
»So... Halte mich bitte nicht für dümmer, als ich bin. Ich habe in deiner Mappe nachgesehen. Du hast Puder und Lippenstift eingesteckt. Das braucht man nicht für Vorlesungen. Das braucht man nur, wenn man ein Rendezvous hat. Wenn du mit Männern anfängst, kannst du gleich mit dem Studium aufhören.«
»Wie wäre es, wenn du mich begleitest?«
»Du fühlst dich wohl sehr sicher.«
Kein offener Streit, keine lauten Worte. Gutes Benehmen auf beiden Seiten gehört zu unseren Spielregeln. Aber: Verhöre, täglich Verhöre. Einmal genügt ihr das nicht mehr, und sie steht vor dem Auditorium Maximum auf der Lauer. Eine kleine Gestalt in einem Lodenmantel. Ihre Haltung drückt aus, daß sie am liebsten unsichtbar sein möchte. Nur selber alles sehen, nur selber alles hören.
Aber ich bin es, die sie zuerst sieht, und ich sehe auch, wie sie erschrickt, doch es ist zu spät für sie, um zu verschwinden.
»Ist es das erste Mal, oder warst du schon öfter da?«
»Darauf gebe ich keine Antwort.« Sie mustert mich. »Das Rot auf deinen Lippen... es steht dir nicht. Dein Mund ist zu groß.«
Sie blickt jedem Studenten, der vorbeigeht, ins Gesicht.
»Wo bleibt der Herr Fischer?«
»Ich erwarte ihn nicht. Wir können gehen.«
Sie schweigt. Sie mustert mich wieder. Sie haßt mich in diesem Augenblick. Aber mehr als mich haßt sie sich selber, und das ist es, was mich ängstigt. Ich habe Angst, eines Tages könnte ich sie so hassen, wie sie sich selber haßt.
Wir gehen ein Stück zu Fuß, dann lädt sie mich in ein Café ein. Sie bestellt nicht nur Kaffee, sondern auch Kuchen, das ist ein Luxus, den wir uns eigentlich nicht leisten können.
Nachdem sie die Bestellung aufgegeben hat, legt sie die Trambahnmonatskarte vor mich hin.
»Du hast sie zu Hause vergessen.«
»Danke.«
»Hat dieser Herr Fischer ein Auto? Steht er irgendwo in der

Nähe und holt dich ab? Brauchst du deswegen deine Trambahnkarte nicht?«
»Ich bin zu Fuß gegangen.«
»Bitte, antworte auf meine Frage.«
»Herr Fischer hat kein Auto, soviel ich weiß. Überhaupt: Daß er einmal angerufen hat, sagt nichts. Du bist auf der falschen Fährte.«
»Immerhin hast du ihm deine Telefonnummer gegeben.«
Der Kaffee kommt, der Kuchen. Meine Mutter sitzt mit gesenktem Kopf da.
Sie kämpft mit den Tränen.
Als wir wieder allein sind, nimmt sie plötzlich meine Hand.
»Ich habe Angst um dich.«
Ihre Stimme! Ihre Stimme hat noch die alte Macht über mich. Aber ich habe gelernt, mich zu wehren.
»Wovor hast du Angst?«
»Du weißt schon...«
»Ich weiß nichts.«
»Warum mußt du mich so quälen?«
»Du quälst dich selber.«
»Es quält mich, wenn ich zusehe, wie du in dein Unglück rennst. So ein Mann braucht nur zu pfeifen, und du läufst... Laß mich ausreden. Du weißt nicht, wie Männer sind. Du bist so leichtsinnig...«
»Wie sind denn die Männer?«
»Ach – ich möchte einfach verhindern, daß du dich an so ein Studentlein hängst. Ich habe nichts dagegen, daß du Verehrer hast. Nur, wenn es immer einer ist, der anruft...«
»Wie viele Verehrer erlaubst du mir? Fünf oder mehr?«
»Mach dich nur lustig über mich! Aber ich sage dir eines: Wenn du jetzt an den falschen Mann gerätst, ist dein ganzes Leben kaputt.«
In Gedanken habe ich ihr die Frage schon oft gestellt, jetzt spreche ich sie aus:
»Hast du den falschen Mann?«
Ihr Gesicht verschließt sich, eine Maske: gleichgültig, undurchdringlich.
»Man hört uns zu.«

Sie winkt der Kellnerin, zahlt, und wir stehen auf. Die zwei Kuchenstücke, die wir uns eigentlich nicht leisten können, liegen unberührt auf den Tellern.
Amalienstraße, Schellingstraße, Heßstraße. Wir sprechen nicht, wir gehen schweigend nebeneinander her.
Das ist nicht der direkte Weg nach Hause, und es ist nicht das Wetter zum Spazierengehen. Regenwolken hängen am Himmel; der Westwind treibt sie vor sich her. Die Ruine der Alten Pinakothek mit Notdach und Abstützungen. Die Ruine der Glyptothek, die Propyläen hinter dem Bauzaun.
Seit zehn Jahren ist der Krieg vorbei, seit zehn Jahren stehen diese Ruinen.
»Weißt du noch, als wir nach dem Krieg das erste Mal in München waren?« Meine Mutter ist gut im Gedankenlesen, vor allem, wenn sie den Wunsch hat einzulenken.
Ich nicke stumm.
»Macht es dir was aus, wenn wir über die Augustenstraße gehen? Ich würde dort gerne etwas besorgen.«
»Ich habe Zeit.«
Kurz darauf fallen die ersten Tropfen. Wir haben keinen Schirm und kein Geld, uns ein zweites Mal in ein Café zu setzen. Bis zur nächsten Trambahnhaltestelle ist es weit. Aber ganz in der Nähe ist die Kirche St. Bonifaz...
Wir ziehen die Mäntel über den Kopf und beginnen zu laufen. Von St. Bonifaz stehen nur noch die Fassade und ein Drittel des Kirchenschiffs. Trotzdem hat man die Kirche provisorisch instand gesetzt. Eine kahle, weißgetünchte Halle mit ein paar Bänken. Es ist dort heller als draußen. Wir schütteln die Mäntel aus. Meine Mutter gibt mir ein Taschentuch, damit ich mir das Gesicht trocknen kann.
Weißer Batist mit Valenciennespitze. Eine Kostbarkeit. Sie hat Stöße davon und benützt sie dauernd. »Diesen Luxus erlaube ich mir, wenn ich schon meine eigne Wäscherin und Büglerin bin.« Als ich es ihr zurückgebe, sieht sie das Rot des Lippenstifts auf dem weißen Stoff.
»Dein Mund ist sowieso schon zu groß. Du solltest keinen Lippenstift nehmen. Es macht dein Gesicht ordinär.«
Ich sehe sie an und warte, daß auch das andere Wort fällt, das zu

angemalten Lippen gehört: hurenhaft, aber sie unterdrückt es. Wirklich, es scheint ihr viel daran zu liegen einzulenken.
Der Regen trommelt auf das Kirchendach. Sie sitzt in der Holzbank, immer noch etwas atemlos vom Laufen.
Ich versuche, mir vorzustellen, wie sie als Studentin war. Was meinem Vater wohl zuerst an ihr auffiel?
Er war ein verwöhnter Junggeselle. Die Frauen liefen ihm nach. Was weckte sein Interesse an der kleinen Studentin Maria Lang?
Ein weißes Spitzentaschentuch?
Begann es damit? Lockte sie ihn damit an, ohne es zu wollen? Das Spitzentuch, das alte erotische Requisit in der Hand einer Studentin der Rechtswissenschaft. War das etwas Neues für ihn? Hatte er die leichten Eroberungen satt und die erfahrenen Frauen?
Reizte es ihn, eine Puritanerin zu verführen?
Sie wird unsicher unter meinem Blick.
»Was ist? Was hast du?«
»Ich würde gerne wissen, wie das war, als du Vater kennengelernt hast. Es war doch hier, in München.«
»Ein Mittagessen bei dem Landtagsabgeordneten Mathes, und er war mein Tischherr; das hast du mich schon hundertmal gefragt.«
»Weißt du noch, wie du angezogen warst?«
»Nein.«
Das Nein kommt so schnell, daß ich ihr nicht glaube. »Natürlich weißt du es.«
»Ein Kostüm, glaube ich, blau... Solche Dinge waren mir nie wichtig. Überhaupt: Ich habe mir nichts gedacht bei dem Mittagessen.«
»Es muß dir aufgefallen sein, daß er ein schöner Mann ist.«
»Nein.«
»Wie hat er es dann angestellt, daß du dich mit ihm verabredet hast?«
»Er hat mich gefragt, ob ich mit ihm zusammen eine Ausstellung besuche.«
»Einfach so...«
»Über irgend etwas muß man sich schließlich unterhalten

bei Tisch, und die Ausstellung wollte ich sowieso anschauen.«
»Weißt du noch, was es war?«
»Lovis Corinth... Auf dem Weg zur Ausstellung dachte ich, hoffentlich erkennst du ihn wieder. Ich wußte nur, daß er groß war.«
»Und dann, nach der Ausstellung, wie ging es weiter?«
»Nichts. Ich studierte...«
»Du hast ihn schließlich geheiratet.«
»Ja.«
»Ich möchte gerne wissen, wie er es angestellt hat. Leicht war es bestimmt nicht bei dir. Was hat er gemacht, um dich zu verführen?«
Sie senkt den Kopf, ihre Stimme ist kaum hörbar:
»Du bist gemein.«
»Was ist daran gemein? Ein Mann verliebt sich in eine Frau und versucht, sie zu verführen...«
»Man redet nicht darüber.«
»Warum eigentlich nicht? Verstehst du nicht, daß es mich interessiert, wie das war bei dir? – Weil du später gemerkt hast, daß es der falsche Mann ist?«
Sie hebt den Kopf. Sie sieht müde aus, resigniert.
»Mach jetzt erst einmal dein Studium. Du bist so jung, das *andere* hat Zeit. Das Leben läuft dir nicht davon, glaub mir.«
»Das ist keine Antwort auf meine Frage.«
»Welche Frage?«
»Ich habe dich gefragt, ob du den falschen Mann hast.«
»Es ist nicht das...«
»Was ist es dann?«
»Laß mich... Später wirst du mich verstehen, aber dann ist es zu spät.«
»Heißt das, wenn du noch einmal von vorne anfangen könntest – du würdest nicht mehr heiraten?«
Sie sitzt da, die Hände im Schoß gefaltet. Ihr Blick geht an mir vorbei. Sie wirkt gesammelt und unnahbar. »Ich habe nicht den Wunsch, noch einmal von vorne zu beginnen.«
»Gesetzt den Fall, es wäre doch so. Was würdest du anders machen?«
»Vieles.«

»Konkret. Würdest du heiraten? Kinder haben, eine Familie?«
Sie sieht mich lange an, zögert lange mit der Antwort.
»Als Frau möchte ich nicht noch einmal auf die Welt kommen. Das ist sicher. Als Frau ist man immer im Nachteil. Wenn, dann nur als Mann ...«
»Damit kann ich nichts anfangen. Ich möchte wissen: Wie würdest du es als Frau machen? Du sagst mir dauernd, was ich nicht tun soll. Jetzt sag mir auch, was ich tun soll.«
»Ich kann dich nur warnen, verhindern kann ich nichts.«
»Bitte, weiche mir nicht aus! Sag mir, wie du es machen würdest. Du weißt es genau, du hast darüber nachgedacht.«
»Ich würde allein bleiben. Ich würde einen Beruf haben ...«
Meine Mutter als berufstätige Frau? Doch, das kann ich mir vorstellen. Sie ist fleißig, diszipliniert, immer bereit, die Sorgen anderer zu den eigenen zu machen, immer bereit zuzuhören, immer bereit zu helfen. Eine Anwaltskanzlei oder ein Notariat ...
Sie deutet meinen nachdenklichen Blick falsch.
»Du traust mir das wohl nicht zu?«
»Doch, doch. Du würdest Karriere machen, da bin ich sicher. Nur, für dich bliebe nicht viel Zeit übrig. Dann wären eben deine Klienten deine Familie.«
»Ein Büro kann man zusperren.«
»Und neben deinem Beruf?«
»Ich hätte meinen Freundeskreis. Ich würde Reisen machen ...«
»Ein Leben ohne Mann?«
»Ja.«
»Und wenn du plötzlich merkst, du hast das Schönste versäumt, so wie meine Handarbeitslehrerin in Regensburg, die mit sechzig fand, jetzt sei höchste Zeit für die Liebe, und in exklusiven Ferienorten auf Männerfang ging?«
Lächelt meine Mutter?
»Ich weiß, wen du meinst. Die war schon vorher auf Männerfang. Sie hat nur keinen bekommen. Aber glaub mir – versäumt hat sie nichts.«
»Du würdest nicht mehr heiraten ...«
»Nein ... daß du mich nicht falsch verstehst: Das hat nichts mit deinem Vater zu tun. Überhaupt: Ich habe nichts gegen die

Männer. Ich finde nur, der Preis, den wir Frauen zahlen, ist zu hoch.«

»Aber ich kann mir nicht vorstellen, daß du glücklich wärst bei einem Leben als berufstätige Frau. Ohne Mann, ohne Familie. Du bist nicht der Typ.«

»Glücklich!... Glücklich ist man für kurze Momente.«

»Vielleicht hättest du einen anderen Mann gebraucht.«

»Ich weiß es nicht.«

Wir sind uns sehr nahe in diesem Moment. Ich habe das Gefühl, es sind unsere Gedanken, die ich ausspreche.

»Du hättest dich scheiden lassen können.«

Sie sieht mich an. »Davonlaufen... Ich habe manchmal daran gedacht – aber das ist nicht meine Art.«

Sie steht auf, hebt lauschend den Kopf.

»Ich glaube, der Regen hat aufgehört.«

Bevor wir die Kirche verlassen, bleibt sie vor mir stehen und nimmt mich bei den Händen.

»Versprich mir etwas! Willst du?«

»Was soll ich versprechen?«

»Versprich mir, daß du während des Studiums nichts mit einem Mann anfängst.«

Es wäre so einfach, ja zu sagen. Aber wenn es um Versprechen geht, bin ich wie sie eine Puritanerin, eine Fanatikerin des Reinen und Wahren. Ein Versprechen ist für mich ein Eid, etwas Unverbrüchliches. Und so sage ich:

»Das kann ich nicht versprechen.«

»Bitte, es ist zu deinem Besten. Versprich es mir!«

»Ich kann nicht.«

Sie läßt meine Hände los.

»Dann... dann ist es also schon passiert. Ich habe es ja geahnt. Wer ist es? Sag mir, wer es ist.«

»Nein.«

»Ich werde dich zwingen, mir den Namen zu nennen.«

»Niemand kann mich dazu zwingen.«

»Warum quälst du mich so?«

»Du quälst dich selber.«

»Sag mir, wer es ist?«

»Deine schreckliche Phantasie ist es. Ein Gespenst deiner

schrecklichen Phantasie. Nur in deiner Phantasie sind die Männer wilde Tiere. Nur in deiner Phantasie ist deine Tochter eine Hure.«
Ich verstumme. Hört sie mich überhaupt? Versteht sie meine Worte? Ihr Gesicht ist ruhig und verschlossen. Sie will mich nicht hören. Sie will mich nicht verstehen.
»Du wirst deine Strafe bekommen.«
Sie spricht die Worte langsam. Ihre Stimme ist leise.
Dann geht sie aus der Kirche.

Ich kehre in die Universität zurück, ins Auditorium Maximum, auf die Empore. Der Saal ist leer. Da und dort sitzt jemand, liest oder schreibt.
Ich hole das Ringbuch aus der Tasche – das Ringbuch meiner Mutter –, blättere in den Vorlesungsnotizen. Dann drehe ich es um. Hinten sind die Seiten leer, und dort schreibe ich aus dem Gedächtnis das Gespräch mit meiner Mutter nieder. Ich hoffe, das geschriebene Wort wird mir helfen, sie zu verstehen. Aber noch während ich schreibe, muß ich erkennen, daß es vergeblich ist. Sie hat auch diesmal nichts von sich preisgegeben. Ich bin ihr nicht nähergekommen. Wir haben uns nur gegenseitig gequält.
Wird es immer so sein?
Liegt es an mir? Fast wünsche ich es.
Bevor ich das Buch schließe, schreibe ich noch einen Satz: Ich will nicht werden wie sie.

Ich habe die Absicht, das »Tagebuch« weiterzuführen. Es soll ein Dossier werden, in dem ich alles zusammentrage, was mir helfen könnte, Antwort zu finden auf die Frage: Wer ist meine Mutter?
Zuerst mache ich täglich Eintragungen, dann seltener und immer seltener. Und eines Tages nehme ich die Blätter aus dem Ringbuch und stecke sie in den Ofen.
Ein Dauerbrenner in Rotglut. Ich öffne das obere Türchen. Das erste Blatt. Es schwebt, wölbt sich, verwandelt sich in weißes Feuer.
Ein Schwall Hitze schlägt mir ins Gesicht – vorbei. Die Worte

sind ausgelöscht, aber eines bleibt bestehen: Ich will nicht werden wie sie.

Sie hilft mir beim Nähen des Faschingskostüms. Sie opfert einen Abendrock aus schwarzem Taft. Sie opfert einen schwarzen Borsalino. Wir sitzen viele Stunden, bis alle Volants aus roter Spitze auf den schwarzen Taftrock aufgenäht sind. Es wird ein spanisches Kleid mit vielen Volants. Die Draperie um die Schultern können wir erst fertigmachen, wenn ich das Kleid anhabe. Meine Mutter steht auf einem Schemel, Stecknadeln zwischen den Lippen, die Nähnadeln in der Hand.
»Stillhalten, sonst steche ich dich. So, jetzt sitzt es. Einen Moment, da stimmt etwas nicht. Diese Falte braucht einen Stich.«
Sie bindet mir das rote Tuch fest, das ich unter dem schwarzen Borsalino trage. Sie findet, daß meine Lippen noch etwas mehr Rot vertragen.
»Carmen! Die Farben von Carmen sind Rot und Schwarz: Liebe und Tod.«
Zwei Minuten später, während ich gehe, steckt sie mir einen Geldschein zu.
»Du steigst nach dem Ball nicht zu irgendeinem Mann ins Auto, versprich mir das! Du nimmst ein Taxi. Und... um zwei bist du zu Hause. Hörst du!«
Ich nehme das Geld und denke: Ich habe die beste Mutter der Welt – aber ich will nicht werden wie sie.

Am Morgen zwischen fünf und sechs komme ich nach Hause. Es ist noch dunkel. Die ganze Nacht hat es geschneit, und es schneit noch immer. Das Taxi fährt wie auf Watte. Meine Füße versinken im Schnee, als ich aussteige. Im dritten Stock, dort, wo wir wohnen, ist Licht. Ein offenes Fenster, eine Gestalt. Meine Mutter, eingemummt in Mantel und Schal. Sie öffnet mir die Wohnungstür, gibt mir einen stummen Wink, ins Wohnzimmer zu gehen. Es ist kalt dort. Beim Fenster ist der Teppich weiß vom Schnee. Sie muß Stunde um Stunde dort Ausschau gehalten haben. Sie schließt die Tür und schaltet das Deckenlicht ein. Sie trägt ihren lila Morgenrock und darüber einen Herrenmantel. Der Mantel schleift am Boden, die Ärmel sind zu lang; um

den aufgeschlagenen Kragen ist ein karierter Schal geschlungen.
Ich weiß, was kommt. Ich kann es an ihren Augen ablesen. Seit Stunden hat sie sich in Angst und Haß hineingesteigert.
»Du hast mir versprochen, um zwei Uhr zu Hause zu sein. Jetzt ist es gleich sechs. Kein Ball dauert so lange. Wo hast du dich herumgetrieben? Nein, erzähl mir nichts! Es wären doch nur Lügen.«
Sie tritt nahe vor mich hin. Ihre Stimme wird noch leiser.
»Ich will dir etwas sagen: Du warst überhaupt nicht auf dem Ball. Du warst bei einem Mann. Ich bin nicht blind. Ich war selbst einmal jung. Ich war auch auf Bällen. So kommt man nicht von einem Ball heim: die Lippen frisch angemalt, frisch parfümiert... Ich sehe, was ich sehe...«
Sie wird weitersprechen, weitersprechen. Aber ich will das nicht. Ich will diesen sinnlosen Kampf nicht. Was soll ich nur tun?
»Bitte, Mutter, hör mir einen Moment zu! Ich brauche keinen Ball als Vorwand, wenn ich mit einem Mann zusammensein will.«
»So – du gibst also zu, daß du zu Männern in die Wohnung gehst.«
»Du kannst nichts anderes denken als das. Überall siehst du den Teufel, überall siehst du die Sünde. Jeder Mann ist ein wildes Tier, und jeder Mann hat nichts anderes im Sinn, als über deine Tochter herzufallen.«
»Du zwingst mich dazu. Sag mir, wo du warst in den letzten Stunden. Hast du den Mut?«
Ich weiß nicht, was geschehen wird, wenn sie so weiterspricht. Ich sollte gehen. Ich sollte eine Tür zwischen sie und mich bringen. Ich sollte mir die Ohren zuhalten.
»Bitte, Mutter...«
»Ich will nichts wissen, du würdest doch nur lügen. Aber ich bestehe darauf, daß du zum Arzt gehst. Ich werde dich anmelden.«
»Und was soll ich beim Arzt?«
»Das fragst du noch? Ich möchte nicht, daß du plötzlich mit einem Kind dastehst.«

Ich wende mich zum Gehen. Ich laufe in mein Zimmer und drehe den Schlüssel um. Das habe ich noch nie getan, aber jetzt muß ich es tun. Sie folgt mir. Sie drückt die Klinke herunter. Sie beginnt draußen leise zu sprechen.
Ich halte mir die Ohren zu. Dennoch höre ich ihre Stimme.

Es wird ihre fixe Idee, daß ich ein Kind bekomme.
Wenn ich ein paar Tage lang stiller bin als sonst, nimmt sie mich beiseite:
»Du siehst schlecht aus. Du hast Ringe um die Augen. Du solltest zum Arzt...«
Sie spricht es nicht aus, aber ich weiß auch so, was sie denkt. Ich sehe ihre Blicke, wenn auf meinem Teller etwas liegenbleibt: »Ist dir nicht gut?«
Und ich sehe ihre heimlichen Blicke, mit denen sie nach Anzeichen auf meinem Körper sucht.
Angefangen hat es mit dem Ball, nach dem ich erst am frühen Morgen nach Hause kam, und ihrem Befehl, daß ich sofort zum Arzt muß.
Ich gehe nicht zum Arzt, aber das beruhigt sie nicht. Ich sehe, wie sie sich quält, und ich kann ihr nicht helfen. Es würde nichts nützen, ihr die Wahrheit zu sagen. Die Wahrheit ist, daß ich eine Jungfrau bin. Aber das würde sie nicht glauben.
Also schweige ich.
Für meine Andeutungen, daß sie sich grundlos Sorgen macht, ist sie taub.

Sie klopft an die Tür des Badezimmers.
»Was ist los? Seit einer Ewigkeit bist du jetzt da drin. Mach auf! Mach sofort auf!«
»Einen Moment.«
»Nein, sofort...« Sie rüttelt an der Klinke.
»Warum schließt du dich ein?«
Ihre Augen mustern den Raum.
»Ah, deshalb! Du nimmst ein Fußbad...«
Sie taucht die Hand in die Schüssel.
»Heiß genug ist es, aber zuwenig Wasser. Bis zu den Knien muß es mindestens gehen, wenn es eine Wirkung haben soll.«

Jetzt erst begreife ich. Sie denkt, ich will auf diese Art ein Kind abtreiben.
Es ist absurd. Eigentlich sollte ich lachen können. Aber ich fühle, wie Haß in mir aufsteigt.
»Seit wann weißt du es?«
Ich sehe sie an und gebe keine Antwort.
Sie deutet mein Schweigen als Eingeständnis.
»Ich habe es kommen sehen. Ich habe es die ganze Zeit kommen sehen – aber du wolltest nicht hören.«
In ihren Augen, in ihrer Stimme ist Triumph.
»Hoffentlich ist es noch nicht zu spät... Warst du schon bei einem Arzt? Du darfst nicht zu einem Pfuscher...«
Ich versuche, nicht hinzuhören, aber es gelingt mir nicht.
»Rede doch endlich! Seit wann weißt du es?«
»Ich bin nicht schwanger. Hörst du! Ich bin nicht schwanger!«
Ich laufe mit nassen Füssen aus dem Bad durch den Gang in mein Zimmer. Sie folgt mir, aber ich schließe die Tür und drehe den Schlüssel um.
Es ist das zweite Mal, daß ich meine Tür vor ihr verschließe.
Noch genügt eine Tür, um sie nicht zu hassen...
Ich fürchte den Tag, an dem eine Tür nicht mehr genügt und wir Feindinnen sein werden.

Der Zug nach Rom geht kurz vor Mitternacht.
Der Koffer ist halb gepackt, ein kleiner Koffer für eine kleine Reise.
»Darf ich?«
Meine Mutter steht unter der Tür.
Wir sind noch höflicher zueinander geworden seit den Tagen der Feindschaft. Das klingt, als lägen sie hinter uns. Vielleicht ist das so, vielleicht herrscht aber nur Waffenstillstand.
»Ich habe da etwas für dich...«
Auf der flachen Hand hält sie mir drei Spitzentaschentücher hin.
»Ich möchte dir das schenken. Ich dachte, auf Reisen...«
Auf Reisen – das alte Zauberwort!
Ich umarme sie.
»Danke, danke!«

Wir sind beide gerührt, was uns nicht hindert, auf der Hut zu bleiben.
»Kann ich dir helfen?«
Ihr Blick geht zu meinem Koffer.
»Solltest du nicht einen größeren nehmen? Viel geht da nicht hinein.«
»Ich brauche nicht mehr. Es ist doch nur eine Woche.«
Ich gehe zum Schrank, und sie tritt an den Koffer. Ich beobachte sie im Spiegel. Mit beiden Händen drückt sie den Inhalt zusammen, um zu prüfen, wieviel noch Platz hat. Würde sie ihn gerne durchsuchen?
In meinen Kästen und Schubladen macht sie es. Sie nennt es »aufräumen« und kehrt das Unterste zuoberst.
Findet sie, wonach sie sucht? Spuren des Lebens, das ich nicht mit ihr teile? Aber es gibt keine Spuren. Ich bin ihre Tochter. Sie hat mich gelehrt, nichts preiszugeben, und ich bin eine gute Schülerin.
»Du nimmst das lange Kleid mit?«
»Ich gehe bestimmt in die Oper.«
»Daß du dir nie etwas Buntes, Fröhliches für den Abend kaufst!«
»Meine Farbe ist Schwarz.«
»Das hat dir jemand eingeredet.«
Jemand ist der Mann, dessen Namen meine Mutter nicht ausspricht. Sie kennt diesen Mann kaum, aber sie ist seine erbitterte Feindin. Sie ist fest davon überzeugt, daß »dieser Mensch« das Leben ihrer Tochter zerstören wird.
Das Abendkleid ist verstaut. Jetzt noch ein paar Blusen. Ich fühle ihren Blick.
Ihr Blick ist ein Gewicht auf meinen Schultern.
Ihr Blick ist ein Strick um meinen Hals.
Ihr Blick ist eine Kette um meine Beine.
Ich weiß, gleich beginnt das Verhör.
»Du reist wirklich allein nach Rom?«
»Ich lüge wegen so etwas nicht.«
»Die Sache mit diesem Menschen ist wirklich aus.?«
»Ja.«
»Vor einem Jahr zur selben Zeit warst du mit ihm in Rom ... und

deshalb... Er hat dich wieder rumgekriegt, nicht wahr? Aber ich sage dir, solche Versöhnungen führen zu nichts. Schlußmachen, Versöhnen, Schlußmachen, Versöhnen... Du verlierst nur deine besten Jahre damit.«
Ich schließe den Koffer.
Sie beobachtet jede meiner Bewegungen.
»Willst du mir nicht Antwort geben?«
Ich stelle den Koffer auf den Boden und zwinge mich, sie anzusehen. Sie war frisch beim Friseur; die gelegten Wellen haben scharfe »Bügelfalten« und sind so angeordnet, daß sie die hohe Stirn etwas verdecken. Darauf legt sie Wert.
Ihre schöne, hohe Stirn. Ihr schöner, klarer Verstand!
Oder ist gerade das ihr Problem? Will sie die Dinge mit dem Verstand lösen, die nicht mit dem Verstand zu lösen sind?
»Was ist? Gibst du mir eine Antwort oder nicht? Geht dieser Mensch mit nach Rom oder nicht?«
»Ich habe dir die Antwort bereits gegeben.«
»So, du behauptest also, dieser Mensch geht nicht mit... Also, es ist so... Ich habe mich gestern mit... diesem Menschen getroffen. Ich fand es notwendig, daß ich einmal mit ihm rede.«
Bin ich überrascht? Ja, aber nicht über ihr Geständnis, sondern darüber, wie gleichgültig es mich läßt.
Ich schaue auf die Uhr. In einer Stunde geht der Zug. In einer Stunde bin ich in meinem Schlafwagen. Allein! Das ist der einzige Wunsch, den ich habe: allein zu sein.
Sie redet, und ich lasse sie reden. Sie steigert sich hinein, und ich werde immer gleichgültiger.
Sie geht im Zimmer auf und ab.
»Es war unmöglich, vernünftig mit ihm zu reden. Eine Wand. Nur das eine: daß er dich liebt. Immer wieder das: Er liebt dich, du bist die Frau für ihn, er wird nicht von dir lassen. Aber ich habe ihn durchschaut. Er nennt es Liebe, dabei ist es Berechnung. Er ist nichts, und er hat nichts. Da ist es sehr praktisch für ihn, wenn er eine Frau hat, die verdient. Er kann ewig weiterstudieren, und du bist die Dumme. Er nützt dich aus, und wenn er dich eines Tages satt hat, wirft er dich weg.«
»Hast du ihm das gesagt?«
»Ja, das habe ich ihm gesagt.«

»Und?«
Sie unterbricht ihre Wanderung und bleibt vor mir stehen. »Dieser Mensch ist eiskalt. Er kann vielleicht schöne Worte machen und den Liebhaber spielen, aber er ist eiskalt. Wenn du diesen Menschen heiratest, machst du dich unglücklich fürs ganze Leben. Er wird dich aussaugen wie eine Zitrone und dann wegwerfen.«
»Ich werde ihn nicht heiraten.«
»Er ist da anderer Meinung. Für ihn ist die Sache noch nicht aus. Er sagte mir, daß er nichts unversucht lassen wird.«
Ich sehe die Szene vor mir: Meine Mutter, todernst und aufgeregt. Er, ein Theatermensch, nur darauf bedacht, einen wirkungsvollen Auftritt zu haben.
Es hätte passieren können, daß er ihr sagt, wir seien bereits heimlich verheiratet.
Es ist zum Lachen.
Es ist zum Weinen.
Es ist meine gescheite Mutter, die so dumme Sachen macht.
Sie steht vor mir, will nach meiner Hand greifen, aber ich weiche zurück.
»Du bist jetzt zornig auf mich.«
»Ich bin nicht zornig.«
»Aber?«
»Du nimmst das Ganze wichtiger als ich.«
Sie forscht in meinem Gesicht.
»Weiß er davon, daß du nach Rom fährst?«
»Von mir nicht. Aber vielleicht hast du es ihm gesagt.«
Sie forscht weiter in meinem Gesicht. »Versprich mir, daß du nicht wieder mit ihm anfängst. Er ist ein eiskalter Egoist. Er ist nicht der Richtige für dich.«
Er ist ein eiskalter Egoist... Wie oft habe ich das von ihr gehört. Kein Mann ist der Richtige. Alle Frauen haben den falschen Mann. Alle Frauen haben ein verpfuschtes Leben. Für keine Frau gibt es den Richtigen.
»Glaub deiner Mutter, das ist nicht der Richtige. Du stehst erst am Beginn deines Lebens. Du hast noch alles vor dir...«
»Der nächste wird auch nicht der Richtige sein.«
Sie stutzt. Ich sehe ihr an, daß sie innerlich meine Worte wieder-

holt. Ihre Lippen bewegen sich dabei leise. Aus der unbewußten Bewegung wird fast ein Lächeln.
»Soll das heißen, es gibt einen anderen? Ja?... Warum sagst du mir nichts davon? Wenn du mit einem anderen nach Rom fährst – dagegen habe ich nichts. Jeder andere ist mir recht, schon weil du dann vor *ihm* sicher bist.«
Es ist zum Lachen.
Es ist zum Weinen.
Es ist meine puritanische Mutter, die wie eine Kupplerin redet.
»Aber bitte behalte einen kühlen Kopf!«
Das hat sie mir schon gepredigt, als ich in die Tanzstunde ging: Laß dich verehren, aber laß dich mit keinem ein. Amüsiere dich, aber behalte einen kühlen Kopf.
»Und der Neue geht mit nach Rom?«
»Nein.«
»Du mit deiner Geheimnistuerei... Es ist mir im Grunde gleichgültig – nur verpfusche dein Leben nicht...«
»Was hättest du eigentlich gemacht, wenn ich mit zwanzig geheiratet und Kinder bekommen hätte?«
Sie erschrickt. Sobald von Heirat und Kindern die Rede ist, erschrickt sie.
»Zwanzig ist viel zu früh..«
»Jetzt bin ich sechsundzwanzig...«
»Du hast immer noch Zeit... dafür... wenn du wirklich willst.«
»Was haben dir die Männer eigentlich getan? Kannst du mir das sagen?«
Sie schüttelt den Kopf, aber ich bestehe darauf.
»Bitte, versuch es.«
»Die Männer machen es sich leicht. Sie meinen, wenn sie eine Frau lieben, ist das schon genug. Männer denken immer nur an sich. Sie können gar nicht anders. Eine Frau, die liebt, gibt alles auf... Der Mann gibt nichts auf...«
»Das ist allgemein bekannt. Aber ich möchte wissen, was haben die Männer *dir* angetan?«
Sie gibt mir keine Antwort. Was die Männer ihr angetan haben, ist ihr Geheimnis und bleibt ihr Geheimnis.
»Es wird Zeit für dich. Möchtest du noch eine Tasse Kakao?«

»Ja.«
Als ich in die Küche komme, sehe ich, daß sie weint. Sie wischt mit der Hand die Tränen weg.
»Das sind nur die Nerven... Soll ich das Taxi bestellen?«
»Ja, bitte.«
Das Telephon steht im Gang. Sie spricht leise, damit sie meinen Vater, der schon schläft, nicht weckt.
Wenn ich gehe, wird sie am Fenster stehen und dem Wagen nachschauen.
Und dann?
Ihr Biwak auf dem Sofa im Wohnzimmer.
Der große Atlas, Taschentuch... Reiseprospekte, die Kreuzworträtsel.
Verlassenheit.
Warum nehme ich sie nicht mit nach Rom?
»Das Taxi wird gleich dasein... Hast du alles? Paß, Fahrkarte?«
»Komm mit zum Bahnhof, willst du?«
»Du meinst...«
»Ja, schnell, zieh einen Mantel an.«
»Einen Moment... Mein Taschentuch... Ah, da ist es.«
Ein weißes Spitzentuch für die letzten Tränenspuren, dann ist sie bereit.
Ein Taxi genügt, und sie fühlt sich »auf Reisen«.
Sie holt den kleinen Handspiegel aus der Handtasche, kontrolliert die Frisur.
»Komm doch einfach mit nach Rom.«
»Keine schlechte Idee.«
»Oder würde dich eine andere Stadt mehr reizen?«
»Genf.«
»Dann fahren wir eben nach Genf.«
»Das ist schon lange ein Wunsch von mir.«
Auf dem Bahnhof herrscht Trubel. Es ist die Zeit der großen Nachtzüge.
Sie steuert auf einen Zeitungskiosk zu. »Du brauchst Reiselektüre.«
»Ja, für so eine lange Fahrt braucht man Reiselektüre.«
»Du brauchst Schokolade.«
»Ja, für eine Nacht im Schlafwagen braucht man Schokolade.«

»Und gegen den Durst?«
»Wir werden sofort den Schlafwagenkellner fragen, was er anzubieten hat.«
Ein Schaffner führt uns, öffnet das Abteil.
»Du hast eine Einzelkabine!«
»Was soll ich mit zwei Betten, wenn du nicht mit nach Rom kommst...«
»Ich reise lieber bei Tag.«
»Gut, nach Genf reisen wir bei Tag.«
Sie blickt mich an. »Du bist eine Schlange.«
»Es ist mir ernst. Ich fände es schön, wenn wir in Zukunft zusammen Reisen machen.«
Sie legt mir die Hand auf den Mund. »Nichts versprechen...«
Plötzlich hat sie wieder Tränen in den Augen.
Sie will ohne Gruß weglaufen. Ich halte sie fest, nehme sie in die Arme, aber sie wehrt sich.
»Laß mich... Das sind nur die Nerven. Bitte, laß mich!«
Dann geht sie.
Ich öffne das Fenster. Ich sehe sie aussteigen und unter den Menschen verschwinden.
Am Boden meines Abteils liegt etwas Weißes. Es ist ihr Spitzentaschentuch.

Die Freundin

Der Schreibtisch ist nicht groß und nicht klein, nicht schön und nicht häßlich. Dunkles Holz und eine dunkelgrüne Lederplatte. Ohne den Stuhl, der dazugehört, unterscheidet er sich kaum von einem Büromöbel. Zusammen mit dem Stuhl ist er fast schon Bauhaus.
Die anderen Möbel, die in ihren beiden Jungmädchenzimmern im Haus der Eltern stehen, sind nur Einrichtungsgegenstände – der Schreibtisch jedoch ist ihr Freund.
Sie schließt nicht leicht Freundschaften, weder mit Menschen noch mit Dingen, aber wenn sie es tut, ist es fürs ganze Leben.

Als sie das Haus der Eltern verläßt, ist es ihr gleichgültig, was mit den anderen Dingen geschieht, nur den Schreibtisch bittet sie sich aus. Er wird in einer Dachkammer abgestellt. Später, wenn sie selbst ein Haus hat, wird sie ihn holen.
Ein eigenes Haus – als junges Mädchen und junge Frau ist sie davon überzeugt, daß sie einmal im eigenen Haus leben wird.
Die Wohnung in Regensburg betrachtete sie als Provisorium, bis man ein Haus gekauft oder gebaut hat.
Die Stellung ihres Mannes – er ist Syndikus der Handwerkskammer Oberpfalz – wird vermutlich eine Stellung fürs ganze Leben sein. Also soll auch das Haus ein Haus fürs ganze Leben sein.
Zuerst einmal erkundet sie Regensburg.
Die Stadt ist neu für sie.
Sie macht Spaziergänge hinaus nach Prüfening, nach Kumpfmühl, nach Dechbetten, auf die Dreifaltigkeitshöhe.
Die Viertel, die ihr gefallen, sind die Straßen um den Stadtpark, der Steinweg und die Winzerer Höhen.
Ein Haus in der Prebrunn-Allee steht gerade zum Verkauf.
Das Haus ist schön, die Lage ist ideal: vor den Toren der Stadt, im Grünen, mit Blick auf die Donau; und doch hat man die Stadt ganz nahe, die Schulen und eine Trambahn ins Büro.
Sie würde sofort zugreifen, aber ihr Mann kann sich nicht entschließen.
»Warum soviel Geld ausgeben, wenn wir hier in der Badstraße für neunzig Mark im Monat wunderbar wohnen?«
Andere Leute kaufen das Haus in der Prebrunn-Allee, und meine Mutter beginnt von neuem mit der Suche. Sie besichtigt Häuser, sie besichtigt Bauplätze. Ein Jahr vergeht, ein zweites.
Sie ist allein bei ihrer Suche. Ihr Mann nimmt wenig Anteil.
Ein Immobilienmakler hätte etwas auf den Winzerer Höhen. Ein großes Grundstück auf dem Höhenzug nördlich der Donau. Früher hat man dort Wein angebaut.
Der Immobilienmakler fährt mit meiner Mutter im Auto zu dem Grundstück.
Es ist Spätsommer.
Ein herrlicher Tag.
Ein Tag der leuchtenden Farben.
Es ist ein Tag in Blau und Gold.

Eine Brombeerhecke, die dunkel ist von Früchten. Sie pflückt eine Brombeere. Sie hat nie süßere gegessen.
»Gehört die Hecke zum Grundstück?«
»Ja, die Hecke gehört dazu.«
Die Brombeerhecke wird sie stehenlassen.
Dort unten, wo der Hang steil abfällt, wird sie einen Steingarten anlegen.
Am Haus ein Spalier für Pfirsiche.
Sie sieht es vor sich. Jeden Frühling wird sie weiße Blüten an ihrem weißen Haus haben.
Bei der Pergola im Westen wird sie wilden Wein pflanzen. Jeden Herbst wird sie rote Blätter an ihrem weißen Haus haben.
Ein Haus mit vielen Fenstern. Sie will die Stimmen ihrer Kinder hören.
Ein Haus mit einer großen Wohnhalle. Sie will ein Haus, in dem man Feste feiern kann...
Sie blickt hinunter zur Donau und zur Stadt und weiß: Hier baue ich mein Haus.
Das Grundstück wird gekauft. Ein Architekt wird bestellt.
Im Dezember sind die Pläne fertig und alle Genehmigungen eingeholt. Auch für die Privatstraße zum Haus ist die Erlaubnis erteilt worden.
Im Frühjahr wird man mit dem Bau beginnen.
Abends, wenn die Kinder im Bett sind, breitet sie die Grundrisse auf dem runden Eßtisch im Wohnzimmer aus. Eine Rolle Millimeterpapier, ein weicher Bleistift.
Sie denkt sich Verbesserungen aus. Sie überlegt, wie sie die Räume einrichten wird.
Ihr Zimmer ist im ersten Stock, oberhalb der Pergola. Nicht groß, aber mit Balkon und mit einem Kamin. Sie weiß auch schon, wo der Schreibtisch stehen wird, der Schreibtisch aus ihrer Jungmädchenzeit.
Ihr Mann verhält sich passiv. Mehr als einen kurzen Blick hat er nie für die Grundrisse. Der Kostenvoranschlag interessiert ihn mehr.
Muß man soviel Geld ausgeben?
Muß man ein so großes Haus bauen?
Ein Atelier?

Ich brauche kein Atelier.
Ein spezielles Zimmer für die Kinder?
Die Kinder haben doch den Garten.
Eine Garage?
Ich fahre nicht Auto.
Überhaupt, warum bleiben wir nicht hier, wo wir sind. Hier ist es doch wunderbar...
Launen, denkt sie.
Wir werden bauen, denkt sie.
Ich will mein Haus, denkt sie.

Der Winter 1937/38 ist mild.
Man wird im Februar mit dem Aushub beginnen können.
Ende Januar bespricht sie mit dem Architekten die letzten Änderungen.
Ihr Mann ist nicht dabei. Ein paar Tage später will sie ihm die endgültigen Pläne des Architekten zeigen. Er legt die Zeitung weg, damit sie den Grundriß auf dem Tisch ausbreiten kann.
Dann steht er auf und sagt:
»Wir werden nicht bauen.«
Sie redet mit ihm.
Sie bittet.
Sie kämpft.
Sie will das Haus auf der Winzerer Höhe bauen.
Sie will den Garten mit der Brombeerhecke.
Sie will ein Zimmer für sich mit Balkon und Kamin. Sie will einen Platz haben für ihren Freund aus der Jungmädchenzeit, den Schreibtisch, der schon so lange darauf wartet, daß sie ihn holt.

Das Haus auf der Winzerer Höhe wird nicht gebaut.
Der Architekt kauft das Grundstück und baut dort für sich selber ein Haus.
Meine Mutter hebt die Pläne auf. Sie stecken in einer Kartonrolle, und die Kartonrolle liegt zuunterst in der großen Wäschetruhe.
Einmal, beim Räumen, stoßen wir darauf, und sie zeigt mir die Grundrisse. Wir knien am Boden und halten die Ecken mit den Händen fest.

Zuerst erklärt sie mir die Lage nach den Himmelsrichtungen.
»Ein Sonnenhaus, gegen Norden durch den Hang geschützt. Ein großer Garten, ein Blumengarten, eine lange Brombeerhekke...«
Ich schaue nicht auf den Grundriß. Ich lausche nur ihrer Stimme, und ich sehe das Haus! Ein weißes Haus an einem grünen Hang über der Donau. Ich sehe Blumen und inmitten der Blumen meine Mutter. Sie hat ein helles, glückliches Gesicht.
Die Stimme verstummt.
Mit einem Rascheln rollt der Grundriß in sich zusammen.
»Warum habt ihr das Haus nicht gebaut?«
»Dein Vater wollte es nicht.«
»Und warum nicht?«
»Ach... lassen wir das doch. Was vorbei ist, ist vorbei.«
Sie erhebt sich und steckt die Pläne in die Kartonrolle zurück. Ich spüre, sie will nicht davon sprechen. Trotzdem frage ich weiter: »Lag es am Geld?«
»Das Geld war da. Und wenn es knapp geworden wäre, hätte mein Vater ausgeholfen.«
»Dann versteh' ich nicht...«
»Ich auch nicht.«
Sie steht da, die Kartonrolle in den Händen. Sie klagt nicht, und sie klagt nicht an. Sie gibt sich selber die Schuld:
»Ich hätte mich nicht beirren lassen dürfen. Ich hätte es gegen seinen Willen tun müssen... Mir fehlte der Mut.«
Sie legt die Pläne in die Truhe zurück.
»Ich weiß gar nicht, warum ich das noch aufhebe...«

Wir gehen auf der Winzerer Höhe spazieren. Durch das Grün der Bäume sieht man da und dort ein weißes Haus, einen blühenden Garten. Eines davon ist »ihr Haus«.
Ich frage: »Wo wäre es gewesen?«
Sie blickt geradeaus und geht weiter.
»Ich darf nicht daran denken, sonst werde ich verrückt. Vorbei ist vorbei. Das gesparte Geld ist weg, und die Pension reicht kaum fürs Leben... Du mußt dir die Schulbücher von der Schule ausleihen...«
Ja, ich gehöre in der Klasse zu denen, die sich die Bücher nicht

kaufen können, sondern von der Schule ausleihen müssen. Ich schäme mich nicht, zu den Armen zu gehören, meine Mutter ist es, die sich schämt.
Sie würde ihren Schmuck verkaufen, wenn sie Schmuck hätte.
Sie würde arbeiten, wenn sie könnte.
Immer wieder fängt sie davon an: »Wenn ich nur irgendwie dazuverdienen könnte...«
Im Krieg hat sie gelernt, »aus nichts« zweimal am Tag eine Mahlzeit zu kochen. Nach dem Krieg und nach der Pensionierung ihres Mannes muß sie lernen, »mit nichts« auszukommen. Sie ist genügsam, und sie lernt, noch genügsamer zu sein. Sie kann zu ihren eigenen Wünschen nein sagen, aber eines kann sie nicht: ihre Wünsche vergessen. Weder die kleinen noch die großen.
Das Haus war ein großer Wunsch.
Sie ist Mitte Vierzig und weiß, daß sie nie ein eigenes Haus haben wird. Keine Brombeerhecke, keine Blumen, kein eigenes Zimmer. Immer nur eine Mietwohnung und die kleine Pension eines Beamten, der vorzeitig den Dienst quittierte.
»Ich darf nicht daran denken, sonst werde ich verrückt.«
Und nach einer Pause:
»Vorbei ist vorbei.«
Sie kann Abschied nehmen auf immer.
Sie kann Treue halten auf immer.
Dem Schreibtisch ihrer Jungmädchenzeit, der immer noch bei den Eltern in der Dachkammer wartet, hält sie die Treue.
1953 übersiedeln wir von Regensburg nach München. Die Wohnung ist klein. In drei Zimmern drängen sich die Möbel aus der großen Regensburger Wohnung.
Eines Tages stehen zwei Möbelpacker vor der Tür und bringen einen Schreibtisch und einen Stuhl.
Mein Vater, der die Tür öffnet, glaubt an einen Irrtum. Meine Mutter winkt die Männer herein.
»Mir nach. Wir müssen erst Platz machen...«
Schreibtisch und Stuhl bleiben vorläufig im Hausgang. Sie verschwindet mit den Packern in meinem Zimmer. Das Bücherregal wird leergemacht und im Korridor aufgestellt. Das Klavier kommt an eine andere Wand – schon ist Platz für den Schreibtisch.

»Jetzt noch der Stuhl... so...«
Als die Packer abgezogen sind, kommt mein Vater zur Tür herein.
»Wir haben wohl noch nicht Möbel genug...«
»Du hast es erfaßt.«
Er betrachtet den Schreibtisch. »Ein scheußliches Ding.«
»Ja, ein scheußliches Ding, aber deine Tochter braucht endlich einen Schreibtisch. Schlimm genug, daß sie während der ganzen Schulzeit am Eßtisch oder in der Küche ihre Aufgaben machen mußte.«
»Mädchen sollen heiraten und nicht studieren.«
Sie strahlt ihn an. »Hört, hört!«
Er geht.
Wir beginnen zu putzen. Zuerst den Schreibtisch und den Stuhl. Dann machen wir uns über das Zimmer her; von oben nach unten.
»Da oben ist eine Spinnwebe, dort im Eck.«
Ich hole Leiter und Besen. Meine Mutter bindet ein weißes Tuch um den Besen. Ich steige auf die Leiter, sie dirigiert mich.
»Dort... ja, und dort...«
Mein Vater will wissen, wann es Essen gibt.
»Später.«
Wir rücken den Schreibtisch ein paar Zentimeter nach rechts, weg vom Fenster.
»So ist es besser.«
Wir stellen eine Lampe darauf, probieren sie aus.
»Kein Licht zum Arbeiten... Wir gehen am Nachmittag in die Stadt und suchen etwas.«
Sie will, daß ich den Schreibtisch gleich einräume, und ich hole die Sachen aus meinem Behelfsbüro – dem Kleiderschrank. Sie sitzt vor dem Schreibtisch, öffnet das Seitenfach, zieht den obersten Schub heraus.
»Als ich Schülerin war, hatte ich hier das Schreibpapier, hier die Bleistifte, hier den Zirkelkasten und die Winkelmesser...«
Ich versuche, mir vorzustellen, wie sie als Schülerin an diesem Schreibtisch sitzt.
Ein braunhaariges Mädchen mit blauen Augen, das gerne dunkle Kleider mit weißem Kragen und Manschetten trägt.

Ein Mädchen, das Latein und Griechisch lernt, Mathematik und Physik und Aufsätze schreibt, die der Professor der Klasse als Musterbeispiel vorliest.
Ein Mädchen, das jeden Tag Klavier übt, ein Mädchen – so meint ihr Lehrer Schmidt-Lindner – mit dem Zeug zu einer großen Pianistin.
Ein Mädchen, das lieber ein Mann wäre.

Der Schreibtisch, der schon so lange ihr Freund ist, wird auch mein Freund.
Als ich meine erste eigene Wohnung miete, frage ich sie, ob ich ihn mitnehmen darf.
»Das alte Ding?«
»Ja, das alte Ding.«
»Aber nur geliehen. Und wenn er dir einmal nicht mehr gut genug ist, nehme ich ihn zurück.«
Die Wohnung ist winzig: ein Zimmer mit Zubehör. Wenn meine Mutter zu Besuch kommt, setzt sie sich nicht auf die Couch und nicht in den Sessel, sondern nimmt den steifen Schreibtischstuhl. Die kleinen Geschenke, die sie mitbringt, den Primelstock, den selbstgebackenen Kuchen, stellt sie nicht auf den Tisch vor der Couch, sondern auf den Schreibtisch.
Sie hat mich zur Ordnung erzogen, aber daß mein Schreibtisch, mein Arbeitsplatz, immer aufgeräumt ist, irritiert sie. Sie fährt mit der Hand über das Holz und das dunkelgrüne Leder.
»Versteckst du deine Arbeit vor mir?«
»Nein, wieso?«
»Der Schreibtisch ist immer leer, wenn ich komme.«
»Wenn du mich besuchst, habe ich Pause von der Arbeit, dann will ich auch nichts davon sehen.«
»Halte ich dich von der Arbeit ab?«
»Nein.«
»Ich bleibe nicht lange...«
»Bitte...«
Wir sind beide unsicher. Wir sind Mutter und Tochter und benehmen uns wie zwei Frauen, die am Beginn einer Freundschaft stehen. Wir wissen zuviel voneinander, um unbefangen zu sein. Wir wissen zuwenig voneinander, um einander zu vertrauen.

Sie traut nicht einmal dem Kaffee, den ich ihr anbiete.
»Nescafé...«
»Nein, das würde ich nicht wagen.«
Sie lacht. Sie probiert den Kaffee.
»Wo hast du gelernt, Kaffee zu machen?«
»Bei meiner Mutter.«
»Das ist eine hell gebrannte Sorte, nicht wahr?«
»Ja.«
»Du mußt mir verraten, wo du ihn kaufst.«
»Es ist derselbe Kaffee, den du hast, nur mit anderem Wasser.«
»Anderes Wasser?«
»Das Chlor verdirbt den Geschmack. Ich nehme Evian.«
»Evian...« Sie schüttelt den Kopf. »Ein teurer Kaffee!«
Wir sitzen an dem Schreibtisch und trinken Kaffee, tauschen Kochrezepte aus, bespannen einen alten Lampenschirm mit neuer Seide.
Wir sitzen an dem Schreibtisch und bereiten das Fest zum fünfundsiebzigsten Geburtstag meines Vaters vor. Sie hat Millimeterpapier mitgebracht und zeichnet ihr Wohnzimmer auf. Sie braucht Platz für eine große Tafel. Fünfzehn Leute sollen daran untergebracht werden. Sie macht das Budget für die Ausgaben. Sie muß Champagnergläser anschaffen und eine flache Kristallschale für das Dessert.
Ich schlage ihr vor, den Geburtstag in einem Hotel zu feiern.
»Nein, unmöglich. Du kennst deinen Vater. Er mag das nicht. Er will, daß wir zu Hause feiern.«
»Fünfzehn Leute, das gibt viel Arbeit.«
»Wenn du mir hilfst, geht es schon irgendwie.«
»Natürlich helfe ich.«
Solange ich zu Hause lebte, konnte ich nichts recht machen, nicht einmal den Kaffee konnte ich kochen. Jetzt ist es anders. Jetzt kann ich Kaffee kochen; jetzt kann ich das komplizierte Dessert aus in Rum eingeweichtem Mohn, Rosinen und Biskuit zubereiten, das, mit Schlagrahm serviert, so harmlos aussieht und doch im Nu beschwipst macht.
Die Tage der Freundschaft haben begonnen.
Wir fassen Zutrauen zueinander, aber wir werden nicht vertraulich. Wir bleiben »per Sie«.

Ich verstecke meine Arbeit. Sie versteckt sich selber. Sie ist Mutter, Ehefrau, Freundin. Immer hat sie eine Rolle. Ich bin auf der Suche nach der Frau, die sich hinter all diesen Rollen verbirgt.
Ich stelle Fragen, und sie gibt Antwort. Sie flüchtet nicht ins Schweigen. Sie erfindet keine Lügen. Sie erzählt mir Details aus dem Lebenslauf einer Person, die nicht anwesend ist.

Wir sitzen an dem Schreibtisch und planen wieder einmal unsere Reise nach Genf. Wir tun das seit Jahren. Es ist ein Spiel geworden. Ich rede von den möglichen Zügen, von den möglichen Flugverbindungen, von den möglichen Hotels. Sie hört mir zu, interessiert und mißtrauisch.
Zu reisen, die Welt zu sehen – das war ein großer Wunsch in ihrem Leben, ein Wunsch, der nicht in Erfüllung gegangen ist. Sie hat einen Mann, der am liebsten zu Hause sitzt, hinter seiner Malerstaffelei, oder auf einer Bank im Nymphenburger Park und Zeichnungen macht.
Und ich? Wie ist es mit mir? Ich bin nicht verheiratet, und doch ergeht es mir wie meiner Mutter, daß ich mir Reisen ausdenke, die ich nie unternehme.
Sie klappt den Fahrplan zu.
»Ist es dir wirklich ernst mit Genf?«
Ich nicke.
»Kannst du überhaupt weg?«
»Jederzeit.«
»Du bist nicht verheiratet...«
Es klingt fast wie eine Frage.
»Zum Glück.«
»Eines Tages wirst auch du heiraten.«
Es klingt wie eine Drohung.
»Nicht freiwillig.«
»Bei dir weiß man nie, wie man dran ist.«
»Ich bin deine Tochter... Also, wann fahren wir? Im April?«
»Du willst wirklich mit deiner alten Mutter nach Genf?«
»Du mußt nur noch das Hotel aussuchen.«
Auf dem Tisch liegen die Hotelprospekte. Sie sucht nach den Preislisten, aber die habe ich herausgenommen.

»Gut, sagen wir im April, aber länger als eine Woche kann ich nicht weg.«
Seit fünfunddreißig Jahren ist sie verheiratet. Seit fünfunddreißig Jahren kreist ihr Leben um ihren Mann. Er ist die absolute Mitte ihres Daseins. Und doch – sie wäre keine Frau, wenn sie nicht den Wunsch hätte, den Mann, den sie liebt, zu verlassen. Sie tut es Nacht für Nacht. Ihr Bett im Eheschlafzimmer steht leer. Sie biwakiert auf dem Sofa im Wohnzimmer.
In den Nächten gehört sie nicht ihm.
Und jetzt Genf: eine ganze Woche, in der sie ihm nicht gehören wird.
Wir legen das Datum fest, einigen uns auf ein Hotel.
Ihre Stimme ist leise, ihre Augen glänzen.
»Hoffentlich kommt nichts dazwischen.«
»Hoffentlich habe ich alles gefunden.«
Es ist spät, nach Mitternacht, aber sie ist nicht müde. »Von mir aus können wir weitermachen. Noch zwei Stunden, und wir sind durch.«
»Ich lasse dich nicht morgens um drei heimgehen.«
»Dann schlafe ich hier.«
Zum erstenmal ist sie mein Gast.
Die Tage der Freundschaft haben begonnen.

Wir sind nach Genf gereist und haben den Frühling gefunden.
Sie zeigt mir das Haus, in dem sie als Studentin wohnte.
»Wie lange ist das her? Hilf mir rechnen. Jetzt haben wir 1970... Dann sind das vierundvierzig Jahre...«
Den Schuhmacher, bei dem sie sich ihre ersten Kletterstiefel machen ließ, suchen wir vergeblich. Die Papeterie Lagier Frères gibt es nicht mehr.
»Und mein Französisch habe ich total vergessen. Vierzig Jahre Ehe haben mich verdummt.«
Sie lacht.
Sie ist auf Reisen.
Sie lacht oft.
»Eigentlich müßten wir auf den Montblanc.«
»Du hast eine Tochter, die nicht schwindelfrei ist.«
»Der Montblanc ist ein Spaziergang.«

»Ein Spaziergang mit Steigeisen.«
Sie lacht.
»Du mit deinen Stöckelschuhen... Aber es gibt einen Ausflug per Gondel.«
Von der Bergstation aus machen wir uns auf die Suche nach einem Bauernhof, den sie als Studentin photographiert hat.
Der Weg führt aufwärts, ein bequemer Weg, aber nicht in Stökkelschuhen. Sie hat Schuhe zum Wandern an.
»Ich habe meinen Schritt gefunden. In den Bergen muß man seinen Schritt finden, seinen Rhythmus. Das ist das Geheimnis, dann kann man ewig laufen.«
Mit der letzten Gondel fahren wir zurück ins Tal.
Sie nimmt einen Armvoll französischer Zeitungen mit ins Hotel und »tranchiert« sie erst einmal in einzelne Seiten, »in Lektionen«. Sie liest mit einem roten Stift in der Hand. Jedes Wort, das sie nicht gleich versteht, streicht sie an. Wenn es ihr auch beim zweitenmal nicht einfällt, wird sie im Wörterbuch nachschlagen.
»Mit ein bißchen Systematik kann ich schnell wieder halbwegs Französisch.«
Nach dem Abendessen richtet sie sich in ihrem Zimmer einen Studiertisch ein. Vom Hotel hat sie sich den zweibändigen Larousse ausgeliehen.
Als ich in der Nacht aufwache, brennt bei ihr immer noch Licht. Es ist drei Uhr morgens. Ich klopfe an. Keine Antwort. Ich öffne leise die Tür.
Sie ist an ihrem Arbeitstisch eingeschlafen. Den Kopf auf den Armen, sitzt sie da. Ich habe Angst, sie zu erschrecken, aber sie ist bereits aufgewacht.
»Was geisterst du herum?« fragt sie.
»Du sollst schlafen.«
»Nur noch ein bißchen.«
Die kleine Lampe auf dem Studiertisch brennt bis zum Morgen.
Am nächsten Tag sind wir faul.
Wir fahren mit dem Schiff und trinken schon um zehn Uhr morgens Fechy. Meine Mutter hat sich ein paar Lektionen mitgenommen und bietet auch mir eine »tranchierte« Seite an.

»Es kann dir nicht schaden.«
Wir studieren die Veranstaltungen, die Ausstellungen, die Theater, die Kinos.
Wenn das Schiff anlegt, gehen wir auf Deck.
Es ist Frühling.
Sie schaut zum Himmel, ich schaue in den See.
Sie sucht den Frühling im Blau des Himmels.
Ich finde den Frühling in den Spiegelbildern des Sees.
»Wollen wir uns Schloß Chillon anschauen?«
»Natürlich, Schloß Chillon muß man gesehen haben!«
Im Schloß Chillon ist es nicht Frühling, und wir flüchten ins Freie.
Wir stehen an der Schloßmauer und schauen auf das Panorama der Haute-Savoie.
Diesmal bin ich es, die ihre Gedanken liest.
»Du wärst lieber oben in den Bergen als hier unten am See.«
Sie errötet, fühlt sich ertappt, aber sie leugnet nicht.
»Ja, irgendwo da oben... Weißt du, an so einem Tag kannst du den Himmel greifen.«
Abends, nach der Rückkunft, will sie ins Kino.
»Nein, keinen amerikanischen Film. Etwas Französisches... wegen der Sprache.«
Wir geraten in einen Krimi aus dem Nachtclubmilieu. Bei einem Striptease, der in einem Käfig vorgeführt wird, flüstert sie mir ins Ohr: »Zu brav!«
Den Gangster und sein Flittchen findet sie »kleinbürgerlich«. Sie, die im Leben so puritanisch ist, bevorzugt, sobald es um Theater, Film oder Bücher geht, scharfe Kost. »Nur ein Toter« oder »nur eine simple Prostituierte« genügt ihr nicht. Othello, der die Frau, die er liebt, mit eigenen Händen erdrosselt, Golem, der eine Stadt in Schrecken versetzt, Frankenstein, Landru – das ist nach ihrem Sinn. Riesen, Zwerge, Fabelwesen, alles, was jenseits von Menschenmaß ist, was größer ist als groß und kleiner als klein und wunderbarer als wunderbar und schrecklicher als schrecklich.
Sie ist eine stille, kleine Frau.
Sie ist eine Frau, in deren Kopf sich Gebirge von Gedanken türmen.

Sie ist eine Frau, in deren Kopf ein Dschungel von Gedankensünden wuchert.

Unser letzter Tag in Genf. Wir frühstücken spät und bummeln dann durch die Stadt.
Auf den Ufertreppen der Rhône sitzen Angler.
Auf den Treppen der Universität sitzen Studenten.
»Eigentlich hätte ich nach Genf gerne in Paris weiterstudiert. Meine Eltern erlaubten es nicht.«
»Aber du kennst Paris?«
»Nein.«
»Du warst nie in Paris?«
»Nein.«
»Du hast mir als Kind oft von Paris erzählt.«
»Das verwechselst du.«
»Du hast mir Notre-Dame beschrieben.«
»Vielleicht haben wir zusammen ein Photo angeschaut.«
»Du hast mir die Tuilerien beschrieben und den Eiffelturm, und du hast mir sogar gesagt, wo man in Paris kandierte Maronen kauft. Ich habe mir den Namen gemerkt: *Fauchon* bei der Madeleine. Maronen in einer schönen Blechdose. Ich dachte immer, du hast sie in Paris gekauft.«
»Die hat mein Vater einmal mitgebracht.«
Sie war also nicht in Paris.
Sind viele Dinge, die ich über sie zu wissen glaube, nur Einbildung?
Sie steht neben mir und hält die Hand über die Augen, weil die Sonne sie blendet.
Sie ist eine Frau von fünfundsechzig, und sie tut nichts, um es zu verbergen. Sie braucht es nicht. Sie ist so jung wie ihre hohe, glatte Stirn. Eine eigensinnige Stirn, die sie eigensinnig unter der Frisur versteckt. Keiner soll dahinterschauen. Nicht ihr Mann, nicht ihre Söhne, nicht ihre Tochter.
Ein Gebirge von Gedanken.
Ein Dschungel von Gedankensünden.
Der Tochter hat sie verwehrt, dort einzudringen.
Wird sie die Freundin einlassen? Vielleicht, wenn wir Zeit genug haben.

Ich wünsche mir sehr, daß uns genug Zeit bleibt.
Wir stehen unter einem blühenden Kastanienbaum. Die Sonne scheint uns ins Gesicht, aber es ist nicht nur wegen der Sonne, daß mir die Augen brennen.
Ich lege die Hand auf ihren Arm.
»Im Herbst fahren wir nach Paris.«
Sie bleibt stumm.
»Im Herbst ist Paris am schönsten.«
»Ich kann nicht zweimal im Jahr verreisen.«
»Warum nicht?«
»Paris ist teuer.«
»Ich lade dich ein.«
»Eigentlich wollte ich immer schon nach Paris...«
»Eben. Du wolltest immer schon bei Fauchon Maronen kaufen.«
Sie lacht.
»Und es wäre ein Anreiz, mit dem Französisch weiterzumachen.«

In Paris braucht sie kein Wörterbuch mehr. Dazu hätte sie auch keine Zeit. Das Programm, das sie sich vorgenommen hat, ist für drei Wochen berechnet, aber wir haben nur sechs Tage.
»Ich weiß, ich weiß. Irgendein berühmter Mann hat gesagt, daß man allein für den Louvre Wochen braucht oder Monate. Aber ich habe nur sechs Tage, und ich bin eine alte Frau und werde wahrscheinlich nie mehr nach Paris kommen...«
»Warum denn nicht?«
»In meinem Alter geht es manchmal schnell.«
»Aber... du bist doch gesund, oder?«
»So war es nicht gemeint. Nur... in meinem Alter hat man nicht mehr viel Zeit...«
Ich möchte sie auslachen, aber ich kann es nicht.
Ich möchte sagen: Du wirst noch die ganze Welt sehen. Aber ich tue es nicht.
Manchmal hat sie Herzbeschwerden. Insuffizienzen, sagt ihre Ärztin. Herzschwächen ohne organischen Befund.
Herbst und Winter sind schlechte Jahreszeiten für sie. Ein grauer Himmel deprimiert sie. Nebel macht ihr Atemnot.
Als wir in Paris ankommen, ist der Himmel grau.

Als wir am nächsten Morgen aus dem Hotel treten, ist Nebel. Sie schaut zum Himmel.
»Hoffentlich bleibt es nicht so!«
Sie ist blasser als sonst. Vielleicht ist es der Nebel. Wir gehen in den Louvre. Die vielen Menschen in der Eingangshalle erschrecken sie. Sie will umkehren, hinaus aus der grauen Stadt.
»Versailles?«
»Versailles im Nebel? Nein.«
Sie entdeckt die Cafeteria des Louvre.
»Vielleicht bringt mich ein Espresso in Schwung.«
Sie schluckt zwei Pillen und versucht, mich zu beruhigen:
»Am Morgen hat mein Motor Anlaufschwierigkeiten.«
Als sie die Tasse nimmt, zittert ihre Hand. Sie fühlt meinen Blick und stellt die Tasse schnell hin. Sie greift nach der Zuckerdose, sie, die sonst keinen Zucker nimmt. Einen Würfel, einen zweiten. Die kleine Tasse läuft über.
Eine Ladung Menschen drängt in die Cafeteria.
Eine Ladung Menschen drängt in den Lift.
Im letzten Moment, bevor die Tür schließt, zieht sie mich hinaus.
»In diesem Ding bekomme ich Platzangst. Wo ist die Treppe?«
Die Treppe nimmt kein Ende. Sie, die so leicht steigt, kommt außer Atem.
»Wo sind die Bilder?«
Sie will zu den Italienern, aber wir sind bei den alten Ägyptern gelandet.
»Tut mir leid...«
»Wenigstens sind hier nicht so viele Menschen.«
Sie geht von Vitrine zu Vitrine. Sie bittet mich, die Beschriftung vorzulesen.
Hört sie überhaupt zu? Schaut sie überhaupt in die Vitrinen? Särge, Mumien, Grabbeigaben.
»Eigentlich schrecklich, so etwas in einem Museum zur Schau zu stellen. Die Toten ans Licht zu zerren...«
Dann ein Lächeln, ein seltsames, seltsam überlegenes Lächeln.
»Unsereins hat's da besser. Eine Handvoll Asche, mehr bleibt nicht...«
Ein Wärter taucht auf, und sie fragt ihn, wo die Maler der Re-

naissance sind, »die Maler, die in das Leben verliebt waren«. Endlich sind wir im richtigen Teil des Louvre, bei den Italienern, aber man sieht keine Bilder, man sieht nur Menschen. Man müßte Schlange stehen, um vor ein Bild zu gelangen.
Wir setzen uns auf eine Bank, warten. Die Menschen werden mehr, nicht weniger.
Wir suchen den Lift. Eine Menschenschlange.
Wir gehen zur Treppe. Sie hält sich am Steingeländer fest. Als wir ins Freie kommen, fährt wieder ein Bus mit Touristen vor.
»Sind alle Museen so überlaufen?«
»Schauen wir uns doch einfach Paris an...«
Place Vendôme, Faubourg St. Honoré, Palais Royal. Ein kleines Café unter den Arkaden.
Sie bestellt einen Cognac, nimmt wieder eine Tablette.
»Möchtest du lieber ins Hotel zurück?«
»Nein... wir gehen jetzt zum Eiffelturm.«
Wir nehmen ein Taxi. Als wir aussteigen wollen, sieht sie die Traube von Touristen vor dem Eingang.
»Weiterfahren?«
»Ja.«
Am Etoile steigen wir aus.
»Wo sind wir jetzt?«
»Auf den Champs-Elysées.«
»Auf den berühmten Champs-Elysées...«
Geschäfte, Restaurants, Nachtlokale.
Sie wird schweigsam, ihr Schritt langsam.
Zum Mittagessen ist es zu spät. Irgendwann landen wir bei der Madeleine. Sie wird lebhafter.
»Jetzt gehen wir zu Fauchon.«
Zuerst die Schaufenster. Dann hinein ins Schlaraffenland. Confiserie, Patisserie, Traiteur.
»Wir nehmen uns was mit ins Hotel...«
Wir stehen vor der Vitrine mit den Pasteten.
Auch hier herrscht Gedränge. Ich merke, wie sie unruhig wird. Plötzlich ergreift sie die Flucht. Sie ist schneeweiß im Gesicht, kann sich kaum noch auf den Beinen halten. Ein Taxi! Es ist ein Wunder, daß wir sofort ein Taxi finden. Sie hat eiskalte Hände.
»Das Herz?«

»Ja.«
»Ich werde einen Arzt rufen.«
»Ich will keinen Arzt...«
Im Hotel bittet sie um Kamillentee; eine ganze Kanne voll; um zwei Wärmflaschen; um eine Wolldecke. Unsere Zimmer sind im vierten Stock. Sie weigert sich, den Lift zu benützen.
»In dem Ding bekomme ich keine Luft.«
Wir steigen die vier Stockwerke zu Fuß hinauf. Langsam, Stiege um Stiege. Ich halte sie am Arm. Als wir oben sind, steht kalter Schweiß auf ihrer Stirn.
»Ich werde einen Arzt rufen.«
»Ich lasse ihn nicht an mich heran.«
»Ich bringe dich zu Bett.«
»Wenn ich mich ausziehe und hinlege, werde ich nie mehr aufstehen.«
Sie setzt sich in einen Sessel. Eine Decke um die Schultern, eine zweite Decke um die Beine. Eine Wärmflasche zu den Füßen, eine in den Rücken.
»Sag mir, was ich tun kann...«
»Am besten, du läßt mich allein.«
Ich will die Tür auflassen.
»Mach die Tür zu, bitte!«
»Aber wenn du mich brauchst.«
»Mach dir keine Sorgen. Es geht vorüber...«
Und dann:
»Ich sterbe nicht hier in Paris, nicht heute nacht. Und jetzt... laß uns allein.«
Sie sagt, laß *uns* allein. Sie sagt es genauso wie früher in meiner Kindheit, wenn sie einen Besuch hatte, mit dem sie allein sein wollte, und mich wegschickte.
Es ist noch ein Sessel in ihrem Zimmer. Er steht ihr gegenüber, mit der Lehne zum Fenster. Ein Flügel des Fensters ist offen, die Vorhänge sind zur Seite geschoben. Der Sessel ist leer.
Und doch sagt sie, laß *uns* allein.

Sie hat einen Gast bei sich in dieser Nacht. Er sitzt ihr gegenüber in dem leeren Sessel.
Ein stummer Gast, mit dem sie ein stummes Gespräch führt.

Es ist nicht sein erster Besuch bei ihr. Sie kennen s
Jahre. Als sie ihr drittes Kind erwartete, war er
Seite. Seit damals sind sie Freunde. Seit damal
mer offen für ihn.

Im Halbschlaf höre ich Sesselrücken und Stimmen – a
ich erwache, ist alles still.
Ich gehe zur Tür, öffne sie leise.
Sie sitzt in ihrem Sessel, ihrem unsichtbaren Gast zugewandt.
Ich störe sie. Sie hebt die Hand und gibt mir zu verstehen: Laß uns allein!

Früh am Morgen kommt Radiomusik aus ihrem Zimmer. Ich finde sie im Bad. Sie sitzt auf dem Rand der Wanne und lackiert sich die Fingernägel. Sie ist noch im Morgenmantel, aber bereits sorgfältig frisiert und zurechtgemacht.
Sie wedelt mit einer Hand in der Luft, damit der Lack trocknet.
»Ich habe gehofft, daß die Musik dich weckt... Wir haben viel vor... Das Frühstück ist schon bestellt.«
Was gestern war, was nachts war, ist vergessen.
Wir sind »auf Reisen«.
Beim Frühstück fragt sie:
»Warst du schon mal im Lido?«
»Nein.«
»Wenn man schon in Paris ist, sollte man auch ins Lido.«
»Ich werde den Portier bitten, daß er Karten besorgt.«
Sie liest einen Brotkrümel von ihrem Schoß auf und hebt lächelnd den Kopf. »Habe ich bereits getan.«

Ihr Leiden macht sie nicht ängstlich.
Sie lebt nicht vorsichtiger. Sie schont sich nicht. Sie führt ihren Haushalt ohne Hilfe. Es ist ein Haushalt ohne technische Hilfsmittel, ohne Zentralheizung, ohne Spülmaschine, ohne Waschmaschine. Es ist ein Haushalt mit drei Männern, denn ihre beiden Söhne gehören – wenn auch lose – immer noch dazu.
Karl, der Antiquitätenhändler, der in Traunstein lebt, hat im Haus gegenüber seine Münchner Wohnung, in der sie nach dem Rechten sieht.

t, der Studienrat an der Gesamtschule in Treuchtlingen at immer noch sein Zimmer bei den Eltern und kommt je- s Wochenende heim.
ie ist jetzt siebzig, aber sie bügelt jede Woche einen Korb voller Herrenhemden. Sie ist siebzig, aber wenn ihre Söhne da sind, läuft sie am Morgen um frische Semmeln, deckt einen schönen Frühstückstisch und bedient ihre drei Männer.
Keines ihrer drei Kinder heiratet. Keines gründet eine eigene Familie. Sie bleibt der Mittelpunkt. Auf ihre bescheidene Art ist sie stolz darauf. Aber sie ist zu natürlich, um nicht den Mangel zu empfinden – den Mangel im Leben ihrer Kinder. Und so verwöhnt sie uns noch mehr. Wir sind ihre Kinder *und* ihre Enkel.
Daß ihre Kräfte sie manchmal im Stich lassen, bringt sie nicht in Panik, das ist ein unabänderliches Gesetz der Natur, dem sie sich ohne Murren beugt. Daß die Nerven manchmal mit ihr durchgehen, ist schlimmer für sie, denn sie sieht darin ein Nachlassen der Selbstbeherrschung.
Früher hat sie einen Marmorkuchen nebenbei gebacken, jetzt wird sie schon beim Abwiegen der Zutaten nervös. Die alte Waage und die Gewichte stehen oben auf dem Küchenschrank. Sie muß auf einen Stuhl steigen, um Waage und Gewichte herunterzuholen.
So war das in Regensburg, so ist es jetzt, nur daß vierzig Jahre vergangen sind, und sie siebzig ist. Damals haben die Messinggewichte gefunkelt, auch jetzt funkeln sie.
Wann macht sie das alles?
Nachts?
Eines der Gewichte fehlt, ein kleines, unwichtiges. Ihr ist es nicht unwichtig. Sie steigt wieder auf den Schrank, findet es.
Bei den Zutaten fehlt auch etwas. Sie kann den Safran nicht finden. Ich will ihr helfen, doch sie läßt mich nicht.
»Du hast nicht einmal eine Schürze an.«
Sie beginnt zu suchen. Eine Kakaodose fällt zu Boden, geht auf: eine Explosion von braunem Pulver.
Sie steht da, ganz still, ohne ein Wort. Sie ist den Tränen nahe.
Während ich den Kakao aufnehme, fängt sie sich.
»Also, ich gehe schnell und hole Kakao und Safran.« Sie schaut zur Uhr. »Bis die Männer da sind, ist der Kuchen fertig.«

Sie will hinaus und den Mantel anziehen, ich halte sie auf. »Du bäckst heute nicht.«
Sie blickt mich überrascht an, glaubt, ich scherze.
»Natürlich backe ich.«
»Du bäckst nicht. Ich verbiete dir das.«
»Du weißt, ein Geburtstag ohne Marmorkuchen ist für Karl kein Geburtstag.«
»Du hast fünfundvierzig Jahre lang Marmorkuchen gebacken, jetzt ist Schluß damit. Wir kaufen einen.«
»Das ist nicht dasselbe.«
»Hat *dir* schon einmal jemand den Geburtstagskuchen gebakken?«
»Ach, fang jetzt nicht so an. Ich habe es ihm versprochen, und...«
Ich nehme die Waage vom Tisch.
»Dieses Ding kommt in den Müll und die alte Backform auch.«
»Nein! Was fällt dir ein.«
»Dann tragen wir sie in den Keller. Du wirst diesen Kuchen nicht backen. Ich will es nicht.«
Endlich fügt sie sich, murrend zwar, aber sie fügt sich, und wir tragen die alte Waage und die Backform in den Keller.
Dann gehen wir in die Stadt und kaufen eine neue Waage und einen altdeutschen Napfkuchen mit Zuckerguß und kleinen Kerzen rundherum.
Ich bin sehr stolz auf meinen Sieg.

Am nächsten Morgen steht auf dem Geburtstagstisch meines Bruders nicht der gekaufte Napfkuchen mit den kleinen Kerzen rundherum, sondern ein Marmorkuchen, der dicht mit gebrannten Mandeln gespickt ist.
Sie ist nachts in den Keller gestiegen, hat die Backform heraufgetragen.
Ich gehe in die Küche und will mit ihr schimpfen, aber sie lächelt nur triumphierend.
»Weißt du, Geburtstag ist nur einmal im Jahr.«

Sie lebt für uns.
Sie lebt für die Menschen, die sie liebt.

Aber sie braucht uns nicht.
Ich weiß nicht, wann mir das bewußt geworden ist, es war wohl ein Prozeß von Jahren. Wie könnte es auch anders sein, da sie immer für uns da war.
Ich kann mich nicht erinnern, daß sie jemals sagte: Ich habe keine Zeit für dich.
Sie hat immer Zeit für mich, für ihre Söhne, für ihren Mann. Sie liest uns die Wünsche von den Augen ab, bevor wir sie noch selber denken.
Und sie? Wie ist es mit ihren Wünschen?
Ihre Wünsche gehen weg von uns, weg aus dem Leben, das sie lebt, weg von den Menschen, mit denen sie lebt.
Wir – wir sind ihre Pflichten, ihre Sorgen. Aber was sind ihre Wünsche? Wie sähe ihr Leben aus, wenn sie es sich hätte aussuchen können?
Nicht, daß sie hadert. Sie erträgt das Leben. Sie erträgt ihren Mann, ihre Söhne, ihre Tochter. Sie erträgt sich selber, sich selber vielleicht am schwersten.
Sie ist dankbar um jede Stunde, in der sie pflichtvergessen sein darf.
Auf Reisen sein.
Nicht Ehefrau sein, nicht Mutter, sondern Freundin sein. Nicht die beste Freundin, nicht die Freundin, mit der man Geheimnisse austauscht, der man Verantwortung auflädt...
Unsere Freundschaft ist noch jung. Wir sind noch per Sie, aber wir sehen uns so oft wie möglich.
Auch wenn ich nur für einen Tag nach München komme, für meine Freundin habe ich Zeit. Und sie hat Zeit für mich.
Sie sagt nie: Es geht nicht.
Vielleicht war sie eben noch müde – jetzt ist sie munter. Vielleicht hatte sie eben noch Husten – jetzt ist sie gesund.
Vielleicht sollte sie bügeln – sie stellt den Waschkorb in die Ecke, und eine halbe Stunde später ist sie bei mir im Hotel, oder wir sitzen in einem Café.
Wir können über alles miteinander reden, über fast alles. Wir hüten uns, vertraulich zu werden. Manchmal fragt sie mich um einen Rat. Manchmal hört sie sogar auf meinen Rat. Diesmal bin ich es, die ihren Rat braucht.

Als ich sie vom Hotel aus anrufe, ist sie gerade beim Kochen.
»Hast du nachmittags Zeit?«
»Ja... seit wann bist du da?«
»Eben angekommen.«
»Wir essen in einer halben Stunde. Hast du nicht Lust zu kommen? Es gibt Fisch... Und dein Vater würde sich auch freuen.«
»Gut... Nach dem Essen entführe ich dich.«

Der Tisch ist schön gedeckt, das Essen schmeckt gut. Mein Vater öffnet eine Flasche Wein.
Es ist der runde Tisch, den wir schon in Regensburg hatten. Es ist ein Fischgericht, das meine Mutter einem Wirt in Regenstauf abgeschaut hat. Es ist ein Wein nach dem Geschmack meines Vaters, das heißt, meiner Mutter und mir zu süß.
»Clemens...«
Es klingt, wie es immer geklungen hat. Die junge Frau, die sich noch nicht an den Namen des Mannes gewöhnt hat, den sie liebt.
Wie immer bedient sie ihn. Wie immer hat er einen Kosenamen auf der Zunge, aber bei Tisch mag sie das noch weniger als sonst, und er klatscht einmal in die Hände, weil er irgendeinen Laut der Freude von sich geben muß.
Meine Mutter legt mir mehr auf den Teller, als ich essen kann. Mein Vater schenkt mir mehr Wein ein, als ich trinken kann.
»Nachspeise?«
»Nein, danke.«
Mein Vater will wissen, warum ich es so eilig habe.
»Ich entführe dir jetzt deine Frau.«
»Soso. Ihr geht in die Stadt, bei dieser Kälte.«
»Es ist nicht mehr so kalt.«
»Und was habt ihr Wichtiges vor?«
»Geheimnis... großes Geheimnis.«
Mein Vater lacht, und auch meine Mutter lacht, aber der Blick, den sie mit mir wechselt, ist voller Mißtrauen. Sie wird noch viel mißtrauischer werden, ich bin sicher.
Dann sind wir im Taxi.
»Wir fahren ins ›Vier Jahreszeiten‹?«
»Ja, ich habe etwas vergessen.«

»Soll ich unten warten?«
»Nein, komm einen Moment mit ins Zimmer.«
»Du hast wieder das blaue Zimmer?«
Meine kleine blaue Mansarde im sechsten Stock, in der ich seit Jahren wohne.
Ich werfe den Mantel aufs Bett. Meine Mutter bleibt an der Tür.
»Dauert es länger?«
Ihr Mißtrauen wächst.
»Setz dich einen Moment und leg ab.«
Sie zögert.
»Ich möchte mit dir etwas besprechen.«
Sie knöpft den Mantel auf, behält ihn aber an. Sie geht zu dem Fenster in der Dachschräge. Sie kehrt mir den Rücken zu. Auch ihr Rücken sagt mir, daß sie sich wappnet. Die Möglichkeit, daß ich mit ihr etwas Angenehmes besprechen will, schließt sie von vornherein aus. Warum? Ich gebe ihr Zeit, und das macht sie noch mißtrauischer. Sie will es hinter sich bringen.
»Etwas Unangenehmes? Ärger im Beruf?«
»Nein, das nicht.«
»Wegen der Wohnung?«
»Es hat damit zu tun. Komm her, ich möchte dir etwas zeigen.«
Sie wendet sich ab, bleibt aber in der Fensternische. Ich habe einen Umschlag aus durchsichtiger Folie auf den Tisch gelegt. Der Umschlag ist blau.
»Wenn du dir das einmal anschaust...«
Sie kommt näher, zögernd. Sie setzt sich nicht, streckt nur die Hand nach dem Umschlag aus. »Was zum Lesen? Dann brauche ich meine Brille.«
Sie sucht in ihrer Handtasche. Ein Zeremoniell, um Zeit zu gewinnen.
»Laß sehen...« Sie beugt sich über den Tisch, öffnet den Umschlag.
»Eine Photographie?«
»Die Xerokopie einer Photographie.«
»Darf ich?«
Die Xerokopie hat das Format 12 × 12 und ist auf ein blaues DIN-A5-Blatt geklebt.
»Ein Haus...«

Sie setzt sich und hält das Blatt ins Licht.
»Ein schönes Haus... Was ist damit?«
»Das Haus ist zu verkaufen.«
Ihr Blick bleibt auf das Bild geheftet.
»Warst du schon drinnen?«
»Ja.«
»Und?«
»Findest du nicht, daß es dem Haus deiner Eltern ähnelt?«
Sie legt das Blatt auf den Tisch und holt sich aus dem Bad ein Glas kaltes Wasser.
»Fisch macht mich immer durstig.«
»Wir gehen gleich und trinken einen Kaffee.«
»Das hat Zeit.« Sie setzt sich wieder.
»Du hast einen unsicheren Beruf... Mit einem Haus hast du wenigstens eine Bleibe. Wann ist es gebaut?«
»In den zwanziger Jahren.«
»Wie ist der Zustand?«
»Soweit ich das beurteilen kann, gut.«
»Du mußt einen Architekten zuziehen.«
Sie erwärmt sich. Auf ihre vorsichtige, skeptische Weise erwärmt sie sich.
»Sind Hypotheken auf dem Haus?«
»Ja.«
»Und du könntest die Hypotheken übernehmen? Wie ist das eigentlich bei dir als Ausländerin, kannst du überhaupt ein Haus kaufen in der Schweiz?«
»Du stellst dieselben Fragen wie Dr. Egli.«
»Wer ist Dr. Egli?«
»Mein Anwalt.«
»Du kannst als Ausländerin ein Haus kaufen?«
»Ja.«
»Und du hast vor, in der Schweiz zu bleiben?«
»Wenn man mich behält... Ich bin sehr gern dort.«
Sie hebt das Blatt wieder ins Licht.
»Es ähnelt wirklich dem Haus meiner Eltern... Und wie ist die Lage? Weit weg von der Stadt? Du fährst nicht Auto...«
»Ich hätte die Trambahn in der Nähe.«
»Wie groß ist der Garten?«

»Mittel.«
»Steht es einsam?«
»Nein, rundum Häuser. Eine kleine Straße mit einem großen Namen: Dunant-Straße, nach Henry Dunant.«
»Ah, der Rot-Kreuz-Mann...«
»Was rätst du mir?«
Sie sieht mich forschend an.
»Das kann ich nicht. Das mußt du selber wissen.«
»Was würdest du an meiner Stelle tun?«
»Du bist anders als ich...«
»Du mußt nicht jetzt sofort die Antwort geben. Überleg es dir. Denke darüber nach, in aller Ruhe.«
»Dazu müßte ich eines wissen... Kaufst du das Haus allein... oder mit jemand zusammen?«
»Allein.«
Sie hat sich damit abgefunden, daß es »jemand« in meinem Leben gibt. Oder sollte ich sagen, sie hat sich damit abgefunden, daß es »nur jemand« in meinem Leben gibt? Ich weiß es nicht. Ich fühle, daß sie auf etwas wartet, auf eine Veränderung. Oder bin *ich* es, die wartet? Auch das weiß ich nicht. Ich will es nicht wissen – noch nicht zu dieser Zeit.
Sie zögert lange mit der nächsten Frage:
»Das heißt, er behält sein Haus am Ammersee und geht nicht in die Schweiz?«
»Er wollte nie in die Schweiz. Er will nach Amerika.«
»Nach Amerika... Und sein Haus?«
»Ich weiß nicht...«
Sie holt sich ein zweites Glas Wasser.
Ich stehe auf und nehme meinen Mantel.
»Wir gehen jetzt einen Kaffee trinken, und du sagst mir dann, was ich tun soll.«
»Das kann ich nicht.«
»Überleg dir einfach, was du an meiner Stelle tun würdest.«
»Du bist anders als ich.«
»Du meinst, ich wäre verrückt genug.«
Sie seufzt, wendet sich ab.
»Ich gebe dir keinen Rat. Du mußt selber wissen, was du willst.«

Sagt sie das nur, um mich zu provozieren? Möchte sie, daß ich mutig bin? Möchte sie zum erstenmal, daß ich mutig bin? Oder wollte sie es immer?
Ich neige mich ihr zu und deute auf zwei Fenster auf dem Bild: »Das wäre dein Zimmer, mit eigenem Bad. Und du siehst den See. Nur ein kleines Stück, aber du siehst den See.«
»Und die Berge?«
»Die Berge siehst du auch.«
Sie steht auf und nimmt den Mantel. Ihre Bewegungen sind langsam, fast feierlich.
Ich möchte einen Röntgenapparat haben, der ihre Gedanken sichtbar macht und ihre Gefühle.
Ich möchte durch den Mantel sehen können, durch das Kleid, durch die Haut.
Irgendwo hinter diesen Schichten von Materie ist *sie* verborgen. *Sie* ist verrückt vor Freude, verrückt vor Aberglauben. Alles, nur nicht ruhig und vernünftig.
Bevor wir gehen, nimmt sie meine Hand.
»Dem Vater sage ich nichts.«
Sie flüstert es. Ihre Augen glänzen.
Sie ist nicht ruhig und vernünftig.
Sie ist verrückt vor Freude!
Sie ist verrückt vor Aberglauben. Niemand darf etwas wissen! Kein Wort, sonst wird am Ende nichts daraus.
»Unser Geheimnis«, flüstere ich. »Unser großes Geheimnis.«

Zwei Monate später sind wir wieder in dem Hotelzimmer.
Es ist März. Sonne scheint ins Zimmer. Sonne scheint auf den Grundriß, den wir am Boden ausbreiten. Wir beschweren die Ecken mit Aschenbechern.
»Einen Moment, ich muß mich erst orientieren. Die Haustür ist im Osten... und hier die Terrasse.«
Sie sieht die Grundrisse nicht das erste Mal. Sie hat so lange gedrängt, bis ich ihr die Pläne vom Parterre und vom ersten Stock schickte. Das hier sind die Pläne für die Renovierung.
»Ah, diese Wand ist neu... und hier, was wird das hier?«
Sie hat rote Backen vor Aufregung, aber die Fragen, die sie stellt, sind sachlich.

»Die Heizung…? Du darfst nicht an der Heizung sparen. Das Dach… Das Dach ist bei einem Haus das Wichtigste… Ist dir klar, daß du eine Hilfe brauchst? Du gehst kaputt, wenn du so weitermachst: dein Beruf, und den ganzen Haushalt allein…«
»Bad Herr…«, liest sie laut vor.
»Er geht also doch mit nach Zürich?«
»Er wird zu Besuch kommen.«
»Will er wirklich nach Amerika?«
»Er sagt es.«
»Und sein Haus am Ammersee?«
»Ich weiß nicht.«
Wie oft haben wir diese Fragen und Antworten schon durchgespielt? Was will sie herausbringen? Oder will sie mir helfen, über etwas nachzudenken, vor dem ich die Augen verschließe?
»Die Terrasse ist schön… Was für Blumen wirst du pflanzen?«
»Rosen.«
»Und sonst?«
»Nur Rosen.«
»Kein buntes Beet? Doch ein paar Malven und Rittersporn.«
»Vielleicht… Ja, Rittersporn wäre schön.«
»Wann kannst du einziehen?«
»Pfingsten.«
»Wenn ich dir helfen kann beim Umzug? Ich komme gern.«
»Ich glaube, ich habe eine bessere Idee. Wir feiern im September deinen Geburtstag in Zürich. Wir machen ein Familienfest.«
»Und dein Vater?«
»Der kommt mit.«
»Hast du überhaupt so viele Betten?«
»Jetzt studierst du dauernd die Pläne und weißt nicht, daß es im Haus zwei Gästezimmer gibt, mit Bad. Du bekommst das rosa Bett, Vater bekommt das blaue Bett.«
»Und du glaubst, er rafft sich auf und steigt in einen Zug?«
»Ja, das glaube ich.«
»Da müßten Zeichen und Wunder geschehen.«

Es geschehen Zeichen und Wunder.
In meinem Haus stehen zwei Koffer, und von oben höre ich Schritte und Stimmen.

Meine Eltern sind da.
Die Stimme meiner Mutter ist überall.
Wo ist sie selber?
Überall und nirgends. Im Keller, auf dem Balkon, im Garten bei der Brombeerhecke.
Sie kommt in die Küche gelaufen.
»Da sind ja noch Beeren dran. Gib mir etwas, dann pflücke ich für uns.«
Auch mein Vater kommt in die Küche. Er will Wasserfarben von mir haben.
»Wasserfarben und einen Malblock. Ich habe meine Sachen in München vergessen.«
Kinder sind im Haus, große Kinder, die mich ein Leben lang als ihr Kind behandelt haben. Jetzt geht es umgekehrt:
»Einer nach dem andern. Du willst etwas für die Brombeeren? Du willst Wasserfarben... Kann ich zaubern?«
Sie vergessen, ihre Koffer auszupacken. Sie vergessen, daß sie Geschenke dabeihaben.
Mein Vater geht durchs Haus und sucht seine Bilder.
»Wo ist Schloß Nymphenburg in dem Goldrahmen?«
Ich nehme ihn bei der Hand und führe ihn vor das Bild.
»Und die anderen? Du hast doch viele von mir... Du läßt sie doch nicht in einer Ecke stehen. Du hängst sie doch auf?«
Meine Mutter bringt ihr Geschenk. Rosa Seidenpapier, eine dicke Lage Watte – und dann eine Vase, nicht gekauft, sondern eines ihrer liebsten Stücke.
»Für einzelne Rosen...«
Mein Vater erinnert sich daran, daß auch er ein Gastgeschenk mitgebracht hat, und verschwindet, um es zu holen: ein Aquarell von sich.
Meine Mutter entdeckt das Klavier. Sie klappt den aufgeschlagenen Beethoven zu.
»Wo sind andere Noten, das ist mir zu schwer.«
Mein Vater ist auf der Suche nach einem Tisch, wo er seine Malsachen ausbreiten kann. Ich räume meine Bücher weg.
»Zufrieden?«
Er klatscht in die Hände:
»Musik! Ich warte auf Musik!«

Meine Mutter spielt Klavier.
Meine Mutter schneidet Rosen.
Meine Mutter pflückt Brombeeren.
Meine Mutter nimmt Besitz von dem Haus.
Am Abend brütet sie über dem Stadtplan von Zürich.
»Wo ist der Anlegeplatz der Schiffe? Bürkliplatz? Wo ist der Bürkliplatz?«
Sie studiert den Fahrplan und schreibt sich die Züge nach Luzern heraus.
»Ich will zum Vierwaldstätter See und zum Pilatus.«
Aber das Haus läßt sie nicht los. Sie macht eine Rundfahrt auf dem See, aber nur die kleine. Sie reist nach Luzern an den Vierwaldstätter See, aber sie übernachtet dort nicht, sondern ist abends schon wieder »daheim«.
Dann kommt ihr Geburtstag.
Es wäre ihr am liebsten, wir würden das ganze Fest daheim feiern. Aber für ein Dutzend Leute Krebse kochen – und das nur als Vorspeise –, dazu fehlt mir der Mut.
Ich gebe ihr das Versprechen:
»Deinen 75. Geburtstag feiern wir hier im Haus.«
Sie wehrt nicht ab. Sie legt mir nicht den Finger auf den Mund.
Sie wird nur still und sagt:
»Wenn ich noch das Leben habe.«
Nach ihrer Abreise finde ich da und dort im Haus Dinge von ihr, einen Kugelschreiber, ein Spitzentuch, ein paar Münzen.
Talismane der Wiederkehr?

Wir haben keine festen Zeiten, um miteinander zu telephonieren. Manchmal sprechen wir an einem Tag zweimal, dann wieder kann eine Woche vergehen.
Es ist ein Zufall, daß ich an diesem Sonntag – es ist der 19. Juli 1979 – abends in München anrufe.
Es ist ein Zufall, daß Karl bei den Eltern ist und daß er an den Apparat kommt.
Ohne ihn würde ich nicht erfahren, daß meine Mutter am nächsten Tag ins Krankenhaus geht.
Ich habe am Tag vorher mit ihr telephoniert. Wir sprachen über Ferien, über meine Arbeit – aber davon sagte sie nichts.

Sie kommt ans Telephon.
»Du gehst ins Krankenhaus?«
»Ah, diese Klatschtante – mußte er es dir sagen...«
»Was ist es? Das Herz?«
»Nein, das Herz nicht.«
»Was denn? Was hast du für Beschwerden?«
»Dieser lästige Husten, der nicht weggeht...«
»Warst du schon beim Röntgen?«
»Die Röntgenbilder... meine Ärztin ist keine Spezialistin auf dem Gebiet. Sie hat mir geraten, daß ich ins Krankenhaus gehe und mich gründlich untersuchen lasse.«
»Welches Krankenhaus?«
»Oberföhring... aber bitte, ich möchte nicht, daß du deswegen nach München kommst... Das Ganze dauert eine Woche, dann bin ich wieder zu Hause.«
Ich sehe alles vor mir: den halbdunklen Gang, den schmalen Schuhkasten an der Wand, auf dem das Telephon steht. Darüber das große Bild einer mittelalterlichen Stadt im schwarzen Rahmen. Und sie frisch vom Friseur. Wenn ihr Ältester nach München kommt, geht sie immer zum Friseur. Sie, der Eitelkeit fremd ist, hat drei eitle Kinder. Was hat sie angezogen für seinen Besuch? Natürlich etwas, das er ihr geschenkt hat. Er hat ihre Maße im Kopf und bringt ihr jedesmal etwas mit. Blusen, Röcke, Kleider. Sie, die ihr Leben lang nur das Notwendigste angeschafft hat, erlebt nun als alte Frau, wie ihr Kleiderschrank sich füllt und füllt mit schönen Dingen.
»Kennst du den Arzt dort?«
»Nein, aber es sind alles Spezialisten. Sie tun nichts anderes als untersuchen und beobachten.«
»Seit wann hast du den Husten?«
»Du... man paßt nicht so auf. Es fing mit einer Erkältung an. Eine verschleppte Geschichte... Ich dachte, wenn ich inhaliere, wird der Husten besser, aber es nützt nichts.«
»Fühlst du dich krank?«
Schweigen.
Schweigen und ihr Atem.
Im Hintergrund die Stimme meines Vaters. Er ist eifersüchtig, wenn sie telephoniert.

»Ich muß jetzt Schluß machen...«
»Gib mir die Adresse vom Krankenhaus, bitte.«
»Ich werde dir schreiben... und bitte, ich will nicht, daß du deswegen nach München kommst. Ich habe es auch den Männern gesagt. Ich will keine Besuche. Es sind doch nur ein paar Tage, dann bin ich wieder zu Hause.«
»Du schreibst mir?«
»Ja, ich schreibe dir.«
»Hast du die Röntgenaufnahmen selber angeschaut?«
»Ja...«
Ich spüre, sie wird ungeduldig.
»Und?«
»Viele weiße Pünktchen...«
Lacht sie? Hustet sie?
»Was ist?«
»Ich schreibe dir alles...«
Dann legt sie auf.

Am 20. Juli kommt sie ins Krankenhaus, am 24. Juli ist ein Brief von ihr in Zürich.
»Stell dir kein Krankenhaus vor. Oberföhring ist eine Anlage von Baracken. Stell dir auch kein Lazarett vor. Es riecht nicht nach Krankenhaus, es riecht nach Wissenschaft und Forschung.
Was tut man, wenn man nichts zu tun hat – essen und schlafen. Nie im Leben habe ich so viel geschlafen.
Zum Glück sind wir im Grünen. Gegen Abend, wenn es nicht mehr so heiß ist, gehe ich hinaus. Auch jetzt bin ich draußen. Ich sitze unter einem Weißdorn. Lange Zeit war der Himmel rosa, jetzt färbt er sich allmählich violett.
Was macht dein Garten? Was machen deine Rosen? Eigentlich müßten sie jetzt alle blühen. Wie heißt die dunkelrote, die so stark duftet? Papa Meilland? Stimmt das?
Und die Brombeeren. Sind schon welche reif? Nein, das ist wohl noch zu früh.
Du siehst, der Kugelschreiber streikt, und es wird auch zu dunkel zum Schreiben...«

Als der Brief kommt, habe ich Angst, ihn zu öffnen. Was sie am Telephon sagte, ist mir nicht aus dem Sinn gegangen:
»Ich schreibe dir alles...«
Ich schreibe dir alles – das klingt nach Testament, nach Abschied. Jetzt bin ich erleichtert. Es ist ein ganz normaler Brief, so wie ihre Briefe immer waren. Keine sorgfältig abgefaßten Sätze, keine sorgfältig gewählten Worte. Die Schrift etwas eilig, aber gut leserlich. Sie schreibt mir nicht oft. Meist fügt sie nur den Briefen meines Vaters ein paar Zeilen hinzu. Sie schreibt keine Briefe zum Aufheben, und sie hebt auch keine Briefe auf.
Ich halte es genauso. Diesen Brief allerdings bewahre ich auf, und er liegt jetzt auf meinem Schreibtisch. Ein Blatt einfaches weißes Papier. In der rechten oberen Ecke das Datum: 23. Juli 1979. Darunter: »Abends«.
Ich erinnere mich, wie streng sie war, wenn ich als Kind einen Brief schrieb: Zuerst muß ich den Text aufsetzen, dann muß ich mir überlegen, wie ich mir das Blatt einteile. Der kleinste Schreibfehler genügt, und sie besteht darauf, daß ich den Brief neu schreibe.
Ihre dauernde Mahnung: »Man fängt nicht mit ›ich‹ an!«
Noch strenger ist sie, wenn ich für die Schule einen Aufsatz schreiben muß. Zuerst spricht sie mit mir das Thema durch, dann den Aufbau: Anfang, Mittelteil, Schluß. Beim Schreiben geht es dann nur noch um Grammatik, Satzbau und Stil.
Sie ist eine strenge Lehrerin. Sie will keine Begabung züchten. Sie will, daß ich denken lerne. »Dazu mußt du deine Sprache beherrschen. Und nur, wenn du deine eigne Sprache beherrschst, kannst du andere Sprachen lernen.«
Sie ist nie zufrieden mit dem, was ich schreibe.
»Künstlich!... An den Haaren herbeigezogen!... Zu viele Adjektive... Holprig!«
Auch eine gute Note für einen Aufsatz beeindruckt sie nicht.
»Dann werden die anderen noch schwächere Arbeiten abgeliefert haben.«
Später, als ich Journalistin werde, sieht sie mich mißtrauisch an:
»Kannst du überhaupt schreiben?«
Bei dieser Frage bleibt es. Zu den Büchern schweigt die Kritike-

rin. Das bedeutet nicht, daß sie mich lobt. Sie beschränkt ihre Kommentare zu meinem Beruf auf die praktischen Aspekte: »Kannst du davon leben? Kannst du die Miete bezahlen?«
Auch als sie merkt, daß ich meine Miete bezahlen kann, bleibt Schreiben für sie »ein unsicherer Beruf«.
Erst nach meinem vierten Buch rafft sie sich zu einer Bemerkung auf, die aus ihrem Mund fast schon ein Lob ist. Mit einem einschränkenden Unterton meint sie: »Du wirst besser.«

Ihr Brief vom 23. Juli wurde geschrieben, um mich zu täuschen, und ich lasse mich täuschen.
Sie täuscht nicht nur mich, sie täuscht auch ihren Mann und ihre Söhne.
Ich telephoniere mit meinem Vater.
»Es geht ihr gut.«
Ich telephoniere mit meinen Brüdern.
»Sie erholt sich zusehends.«
Die Ärzte kann sie nicht täuschen.
Sie darf nach einer Woche nicht nach Hause. Sie muß in Oberföhring bleiben. Die Untersuchungen gehen weiter.
Ich werde unruhig.
Ich telephoniere mit meinem Vater.
»Das sind Langweiler in diesem Krankenhaus. Wegen ein bißchen Husten untersuchen sie jetzt schon seit zehn Tagen.«
Ich telephoniere mit meinen Brüdern.
»Es kann nicht schaden, wenn sie noch etwas bleibt. Dort muß sie wenigstens Ruhe geben.«
Sie täuscht mich, sie täuscht ihren Mann und ihre Söhne.
Ihre Schwester kann sie nicht täuschen. Sie lebt auch in München. Der Kontakt zwischen den beiden Familien wurde immer gepflegt, aber erst in den letzten Jahren, seit meine Tante verwitwet ist, sind die beiden Schwestern, die so verschieden sind, wie zwei Menschen nur verschieden sein können, sich nähergekommen.
Ich sehe meine Tante selten, und wir telephonieren fast nie. Jetzt ruft sie bei mir an. Sie sagt nicht viel:
»Ich war heute bei meiner Schwester... Es steht nicht gut um sie.«

Am nächsten Tag bin ich in München.
Oberföhring ist so, wie sie es beschrieben hat: kein Krankenhaus.
Lazarettbaracken im Grünen, aber kein Lazarett.
Es riecht nicht nach Krankenhaus, es riecht nach Wissenschaft und Forschung.
Ein Ort, wo es nicht um Leben oder Sterben geht, sondern um medizinische Detailfragen.
Ein Ort, der täuscht, wenn man bereit ist, sich täuschen zu lassen, und ich bin es.
Ich bin es so sehr, daß ich eine weiße Gestalt, die ich im Garten sehe, für meine Mutter halte.
Ich laufe zum Ausgang, will rufen, da hebt sie den Kopf, und ich sehe – es ist eine Fremde.
Meine Mutter liegt in ihrem Zimmer und schläft.
Das Fenster ist offen.
Auf dem Tisch neben ihrem Bett liegen eine Zeitung, ihre Brille, ein Kugelschreiber, ein angebissener Apfel. Eine Wespe sitzt darauf.
Am Bettende stehen ihre Schuhe, ordentlich ausgerichtet, Pantoffel für drinnen, Halbschuhe für draußen.
Sie schläft tief.
Meine Mutter, die immer wach ist, auch nachts noch, deren Schlaf so leicht ist, daß sie beim geringsten Geräusch erwacht – sie hört nicht, daß ich ins Zimmer komme, sie hört nicht, daß ich an den Stuhl stoße. Was soll ich tun?
Ich habe meine Mutter noch nie geweckt. Immer war sie es, die an mein Bett kam.
Soll ich sie an der Schulter berühren, wie sie es bei mir machen würde? Soll ich ihre Hand nehmen?
Ich zögere.
Sie schläft.
Der Schlaf macht sie schön. Oder ist es ein Traum? Was sieht sie im Traum? Sie hat ein so glückliches Gesicht.
Ich nehme ihre Hand und erwarte, daß sie sofort reagiert, aber es geschieht nichts.
Ich berühre ihre Schulter.
Sie bewegt sich, öffnet die Augen. Es vergehen Sekunden, bis

sie mich sieht. Und wieder vergehen Sekunden, bis sie mich erkennt.
Die erste Reaktion ist ein Erröten. Und dann ein »Ach...«
Nicht erschreckt, nicht freudig.
Sie mag unangemeldeten Besuch nicht, auch nicht, wenn es die eigene Tochter ist.
Ich beuge mich über sie und küsse sie. Das glückliche Gesicht von vorhin ist verschwunden. Ihre Miene ist gespannt, ihr Blick mißtrauisch.
Ich will ihr die Blumen geben, die ich mitgebracht habe, aber sie greift nicht danach. Ihre Hände bleiben auf der Bettdecke. Pflichtschuldig sagt sie:
»Ein schöner Strauß... Ich glaube nicht, daß die Schwester eine Vase hat, die groß genug ist.«
Sie drückt den Klingelknopf, und wir warten auf die Krankenschwester.
»Setz dich doch...«
Die Schwester kommt. Meine Mutter bittet um eine Vase und um etwas Erfrischendes für mich.
Wir machen Konversation: Das Wetter.
»Fast zu schön. Es sollte endlich wieder einmal regnen.«
Das Zimmer, in dem sie liegt.
»Groß, aber etwas primitiv... Man bleibt nicht ewig...«
Der Arzt.
»Ein netter junger Arzt.«
Die Krankheit.
Nein, dieses Wort benützt sie nicht. Sie sagt:
»Dieser lästige Husten«, so wie sie früher »dieser lästige Unterleib« gesagt hat.
Die Untersuchungen blieben bisher ohne Ergebnis.
»Sie füttern mich mit Stärkungsmitteln. Sie versuchen, mich zu mästen. In den zehn Tagen, die ich jetzt hier bin, habe ich vierhundert Gramm zugenommen.«
Die Schwester bringt eine Vase, aber die Vase ist zu klein für den Strauß. Ich gehe mit der Schwester hinaus, und wir suchen eine größere Vase. Als ich zurückkomme, ist meine Mutter aufgestanden und hat den Morgenmantel aus weißem Pikee angezogen, hat sich frisiert.

Jetzt erst sehe ich, wie dünn sie geworden ist, der Hals, die Handgelenke.
Ich stelle die Blumen in die Vase. Sie sieht mir zu.
»Schön, daß du da warst...«
Ich bin noch keine halbe Stunde bei ihr, und sie schickt mich fort.
»Du hast bestimmt viel zu tun...«
»Es geht.«
Mir fehlt der Mut, ihr zu sagen, daß ich nur wegen ihr in München bin.
»Ich habe Zeit... Wollen wir nicht etwas in den Garten?«
»Nein, jetzt nicht. Es ist mir zu heiß.«
Es ist ganz klar: Sie will, daß ich wieder gehe.
»Bleibst du länger in München?«
»Nein, ich fliege abends zurück.«
Sie nickt. Ihre Züge entspannen sich. Kein Lächeln, nur ein Ausdruck der Erleichterung.
»Wann kommst du hier heraus?«
»Kann sein am Wochenende.«
»Und dann?«
»Man wird sehen. Vielleicht eine Kur...«
»Wie sind die Untersuchungen? Unangenehm?«
»Nein.«
»Und sonst?«
»Am Morgen und am Abend inhaliere ich. Das ist alles. Und dann eben die Präparate. Sie testen, auf was ich anspreche...«
Sie steht an der Tür.
»Soll die Schwester ein Taxi für dich bestellen?«
Ich will überhaupt nicht gehen, aber ich sage: »Ja.«
»Ich bringe dich hinaus.«
Während die Schwester telephoniert, schreibe ich mir die Telephonnummer von Oberföhring auf.
Meine Mutter sieht es.
»Wieso brauchst du die Nummer?« Und bevor ich noch etwas erwidern kann: »Ich will nicht, daß du den Arzt anrufst...«
Ein Paar Worte, und sie ist atemlos.
»Ich komme am Wochenende wieder, und dann bleibe ich länger.«

Sie sieht mich an, mißtrauisch, forschend. Kein Zeichen von Freude.
Sie will, daß ich gehe.
Sie will allein sein.
Sie braucht mich nicht.
Ich bin es, die sie braucht.
Ich lege den Arm um sie.
»Du mußt nur wollen, dann wirst du wieder gesund! Tu es mir zuliebe...«
Sie hebt den Kopf, sieht mich an.
Ich weiß nicht, was sie denkt. Ich weiß nicht, was sie fühlt.
Sie wirkt sehr jung. Jung und ungeduldig. Ein Mensch, der ein Abenteuer plant und keine Mitwisser brauchen kann. Ein Mensch, der ein neues Leben beginnen will und fürchtet, es könnte etwas dazwischenkommen. Bevor ich ins Taxi steige, bittet sie mich:
»Bring mir ein paar Rosen mit aus deinem Garten, das nächste Mal, ja, die dunkelroten...«

Am Nachmittag bin ich bei meinem Vater. Er will wissen, wann er seine Frau endlich wiederhat. Er ist eifersüchtig, auf die Ärzte, das Krankenhaus. Ich verstehe ihn. Wenn ich ihr Mann wäre, hätte ich das Gefühl, sie will mich verlassen. Sie wird plötzlich verschwunden sein...
Meine Brüder sind nüchterner. Sie verstehen nicht, daß sie nicht früher etwas gegen diesen »lästigen Husten« unternommen hat. Sie, die sonst so energisch ist...
Jetzt kann es lange dauern, bis sie wieder auf dem Damm ist.
Sie wollen wissen, wie mein Eindruck ist von ihr.
Ich sage Dinge, die sie hören wollen und die ich selber gerne glauben möchte.
Am Abend, im Flugzeug, fragt mich ein Fremder, was ich in München gemacht habe.
»Ich habe meine Mutter im Krankenhaus besucht.«
»Etwas Ernstes?«
»Ja.«
Ein fragender Blick.
»Sie wird sterben.«

»Weiß sie es?«
»Ja, sie weiß es.«

Ich bringe ihr Rosen aus meinem Garten mit, als ich sie in Oberföhring abhole.
Sie ist nicht in ihrem Zimmer. Nur der Koffer steht da, und darüber liegt der Trenchcoat.
Sie ist draußen im Garten. Sie sitzt im Schatten und liest Zeitung.
Sie trägt ein helles Kostüm und hat sich hübsch gemacht, sorgfältig frisiert, Make-up aufgelegt, die Lippen angemalt. Sie streckt die Hände nach den Rosen aus.
»Aus deinem Garten?«
»Ja, heute früh geschnitten.«
»Ich dachte, du vergißt darauf.«
Im Taxi fragt sie mich, ob ich Zeit habe, mit ihr in die Stadt zu gehn.
»Wann möchtest du in die Stadt?«
»Jetzt gleich. Wir stellen zu Hause nur den Koffer ab und geben die Blumen ins Wasser.«
Sie sieht besser aus – will mir scheinen. Sie kommt nicht so schnell außer Atem – will mir scheinen.
»Hast du den Befund?«
»Ja.«
Sie öffnet die Handtasche und zeigt mir ein Kuvert.
»Und?«
»Ich weiß nicht... Der Befund ist für den nächsten Arzt...«
Das Kuvert ist ungeöffnet. Sie, die sonst so neugierig ist, sie läßt dieses Kuvert ungeöffnet.
»Ich habe den Männern für heute abend ein kleines Fest versprochen...«
Sie nimmt einen Zettel aus ihrer Tasche.
»Wenn du dir die Liste einmal anschaust. Es kann sein, daß ich etwas vergessen habe... Du hilfst mir doch...«
»Natürlich.«
»Karl wünscht sich Fisch... Was meinst du, sollen wir eine Bowle machen? Vergiß nicht, daß wir eine Einkaufstasche mitnehmen...«

Mein Vater sitzt am Fensterplatz und zeichnet.
»Da bist du ja endlich!«
Er hat auf uns gewartet und ist enttäuscht, daß wir gleich in die Stadt weiterfahren wollen.
»Ich dachte, du kommst mit mir in den Nymphenburger Park.«
»Morgen...«
»Bleibt ihr lange in der Stadt?«
»Wir kaufen für abends ein.«
Die Tür geht auf, ihre zwei Söhne kommen herein und umarmen sie. Sie reagiert scheu. Ein Besuch, der nicht mit einem so herzlichen Empfang gerechnet hat.
Auch sie sind enttäuscht, daß sie nicht bleibt.
»Wir sind bald wieder zurück. Unser Taxi wartet...«
Als ich ihr in den Wagen helfe, spüre ich, daß sie kalte Hände hat. Es ist ein heißer Tag, aber sie hat kalte Hände.
In der Theatinerstraße steigen wir aus.
»Einen Kaffee?«
Es wird ein Kaffee mit Cognac, und sie bekommt glänzende Augen.
»Zuerst zur Sparkasse. Geld holen.«
In der Schalterhalle sind viele Menschen. Zwei Kinder laufen hinter einem Ball her. Wir sitzen auf einer Lederbank und warten, bis ihre Nummer aufgerufen wird.
Sie deutet auf einen Gummibaum, der die Wand hinaufwächst, über zwei Stockwerke bis zum Glasdach.
»Eigentlich ein Wunder in dieser schlechten Luft...« Und dann ohne Übergang: »Für mein Begräbnis ist alles geregelt, das heißt, die Kosten trägt die Versicherung.«
Sie rückt etwas näher, sie spricht einen Text, den sie auswendig gelernt hat. Ruhig, eindringlich.
»Dein Vater kennt meinen Willen – deine Brüder auch. Und jetzt sage ich es dir: Ich will keine Begräbnisfeier. Niemand soll sprechen, niemand, hörst du? Auch niemand von euch. Und zieht keine Trauerkleidung an. Ich habe deinen Vater und deinen Brüdern das Versprechen abgenommen, meinen Willen zu respektieren, aber ich traue ihnen nicht. Männer sind eitel; es ist ihnen so wichtig, was die Leute sagen... Auf dich kann ich mich verlassen, nicht wahr? Du bist in diesen Dingen wie ich. Du ver-

stehst mich. Die Leute werden es seltsam finden, aber es ist mein Wille... Nur das Notwendigste. Und vor allem, laßt nach der Verbrennung Zeit vergehen. Verscharrt die Urne nicht gleich in der Erde... Und bitte, macht keine Feier daraus! Versprichst du mir das?«
Sie hält meine Hand fest.
Sie redet vom Sterben. Sie redet von ihrem Begräbnis.
Ihre Augen leuchten. Sie bereitet eine Flucht vor. Sie steht an der Schwelle eines neuen Lebens.
»Ich habe dein Versprechen?«
»Ja.«
Auf der Tafel über dem Schalter leuchtet ihre Nummer auf. Sie läßt meine Hand los, erhebt sich, geht zum Schalter. Ihre Bewegungen sind die eines jungen, ungeduldigen Menschen.

Es wird ein fröhlicher Abend mit einem guten Essen, mit Blumen, mit Kerzen, mit einer Erdbeerbowle. Wir sind lauter als sonst, und doch hören wir, daß eine Stimme fast immer still ist.

Zehn Tage später kommt sie ins Krankenhaus der Barmherzigen Brüder. Sie spricht davon wie von einem imaginären Kurort, den sie sich für ihre imaginäre Krankheit ausgesucht hat.
Sobald sie ihr Zimmer bezogen hat, ruft sie mich in Zürich an:
»Es ist schön hier!«
Sie will mich immer noch täuschen.
Sie will nicht, daß ich mir ein Krankenhaus vorstelle. Sie will nicht, daß ich an eine Frau denke, die Lungenkrebs hat. Ich soll an eine Frau denken, die »auf Reisen« ist.
Sie hat jetzt ein Telephon am Bett, und wir sprechen täglich miteinander, ohne feste Zeiten allerdings.
Vielleicht frage ich sie am Morgen, wie das Wetter in München ist, oder mittags nach dem Rezept für eine Süßspeise. Oder sie macht mich abends darauf aufmerksam, daß im Fernsehen etwas Interessantes läuft.
Am 28. August ruft sie mich vormittags an und bedankt sich für ein Buch, das ich ihr geschickt habe.
Am Morgen des 29. August will ich ihr sagen, daß ich am nächsten Tag nach München komme, aber es geht niemand ans Tele-

phon. Sie ist wohl gerade nicht im Zimmer. Zehn Minuten später versuche ich es wieder, und danach noch ein paarmal. Zuletzt verlange ich die Stationsschwester und erfahre, daß meine Mutter nicht mehr lebt.
In der Nacht, während sie schlief, hat sie zu atmen aufgehört.
Es ist der 29. August.
Mittags bringt der Postbote einen Brief von ihr. Ein weißes Blatt und darin eingeschlagen eine kleine Tüte mit Blumensamen: blauer Rittersporn.
»Für deinen Garten. Du wirst schon den richtigen Platz finden. Vielleicht an der Terrasse.«

In ihren letzten Stunden denkt sie an einen Platz für Rittersporn in meinem Garten.
In ihren letzten Stunden hat sie den Wunsch, mich zu beschenken.
In ihren letzten Stunden macht sie einen letzten Versuch, mich zu täuschen.

Es kam, wie sie vorhergesagt hatte: Die Leute fanden das Begräbnis seltsam.
Ein Ehemann, der keine Trauerkleidung trägt, sondern geht, wie man ihn alle Tage sieht. Die zwei Söhne in Straßenanzügen. Die Tochter zwar in Dunkel, aber nicht in Trauer.
Keine Feier, nicht einmal ein paar Worte des Abschieds. Nur der lange Weg durch den Waldfriedhof zum Grab und das Versenken der Urne in die Erde.
Ein Halbkreis stummer Menschen um das Grab. Sie stehen mit gesenktem Blick. Sie schämen sich für uns. Sie verstehen nicht.
Sie kommen, um zu kondolieren. Sie geben uns die Hand mit halb abgewandtem Blick. Die ersten gehen zögernd, die anderen folgen schnell. Niemand sieht, wie der jüngere Sohn zurückbleibt, wie er den Baum neben dem Grab mit beiden Armen umfaßt, den Kopf an den Stamm preßt und weint.
Niemand weiß, daß wir nur ein Versprechen einlösen, das sie jedem von uns einzeln abgenommen hat.
Sie will es so, und wir beugen uns nur ihrer Bitte – ihrer leisen, eindringlichen Stimme.